Diogenes Taschenbuch 24067

de te be

DORIS DÖRRIE, geboren in Hannover, studierte Theater und Schauspiel in Kalifornien und in New York, entschloss sich dann aber, lieber Regie zu führen. Parallel zu ihrer Filmarbeit (u. a. *Männer, Mitten ins Herz, Kirschblüten – Hanami*) veröffentlichte sie Kurzgeschichten, Romane, ein Buch über das Schreiben *(Leben, schreiben, atmen)* und Kinderbücher. Sie leitet den Lehrstuhl ›Creative Writing‹ an der Filmhochschule München und gibt immer wieder Schreibworkshops. Sie lebt in München.

Doris Dörrie

Kirschblüten

Hanami

Ein Filmbuch

Diogenes

Die Erstausgabe erschien 2008 im Diogenes Verlag
Mit Fotos von Mathias Bothor, Patrick Zorer,
Hanno Lentz, Kerstin Stelter
Fotolayout Till Kaposty-Bliss

Covermotiv: Illustration von Katja Clos
nach einem Foto von Hanno Lentz

Veröffentlicht als Diogenes Taschenbuch, 2011

info@diogenes.ch · www.diogenes.ch
In Fragen zur Produktsicherheit (GPSR):
truepages UG (haftungsbeschränkt)
Westermühlstraße 29, 80469 München
info@truepages.de
10/25/852/3
ISBN 978 3 257 24067 2

Inhalt

Kirschblüten

Die Fotogeschichte

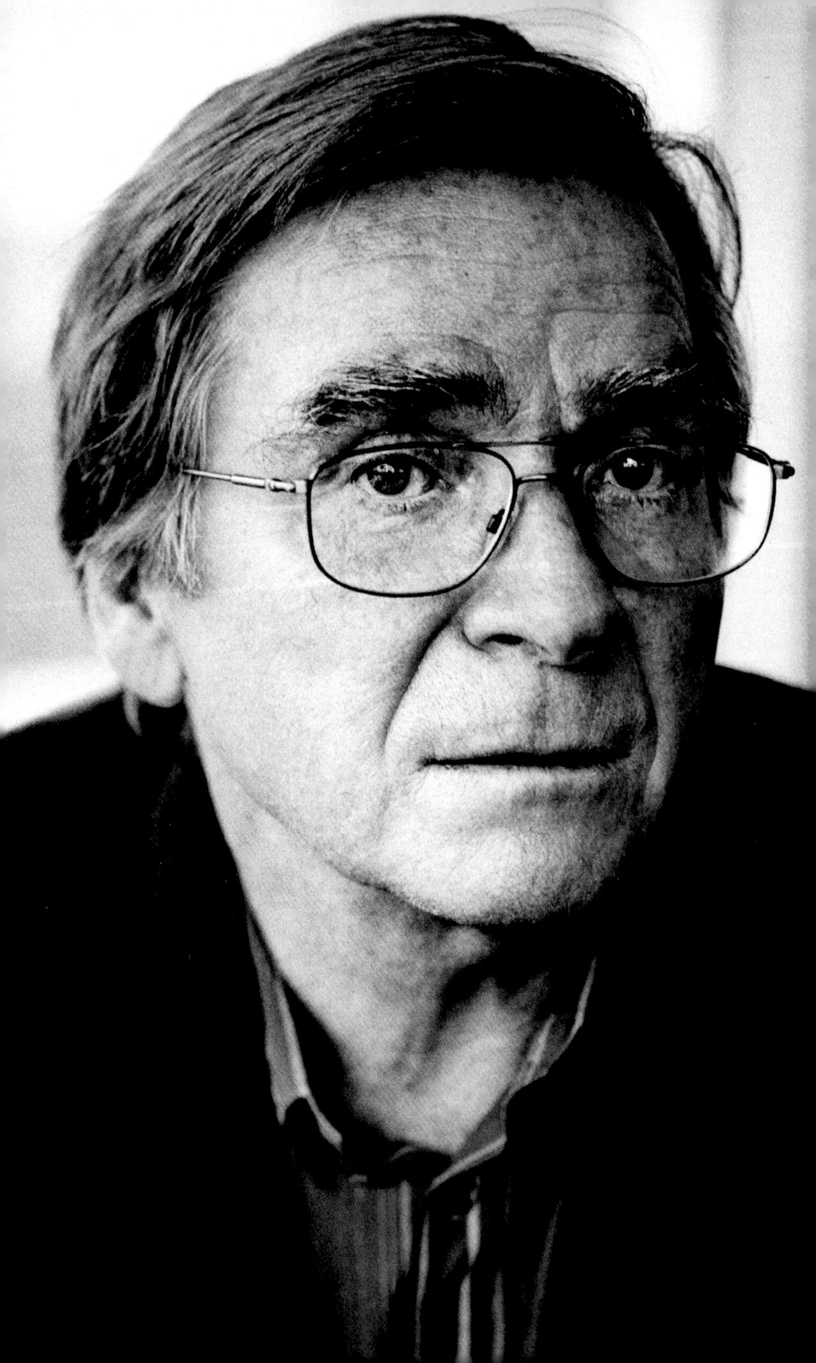

Das ist die Geschichte von Rudi …

... und Trudi

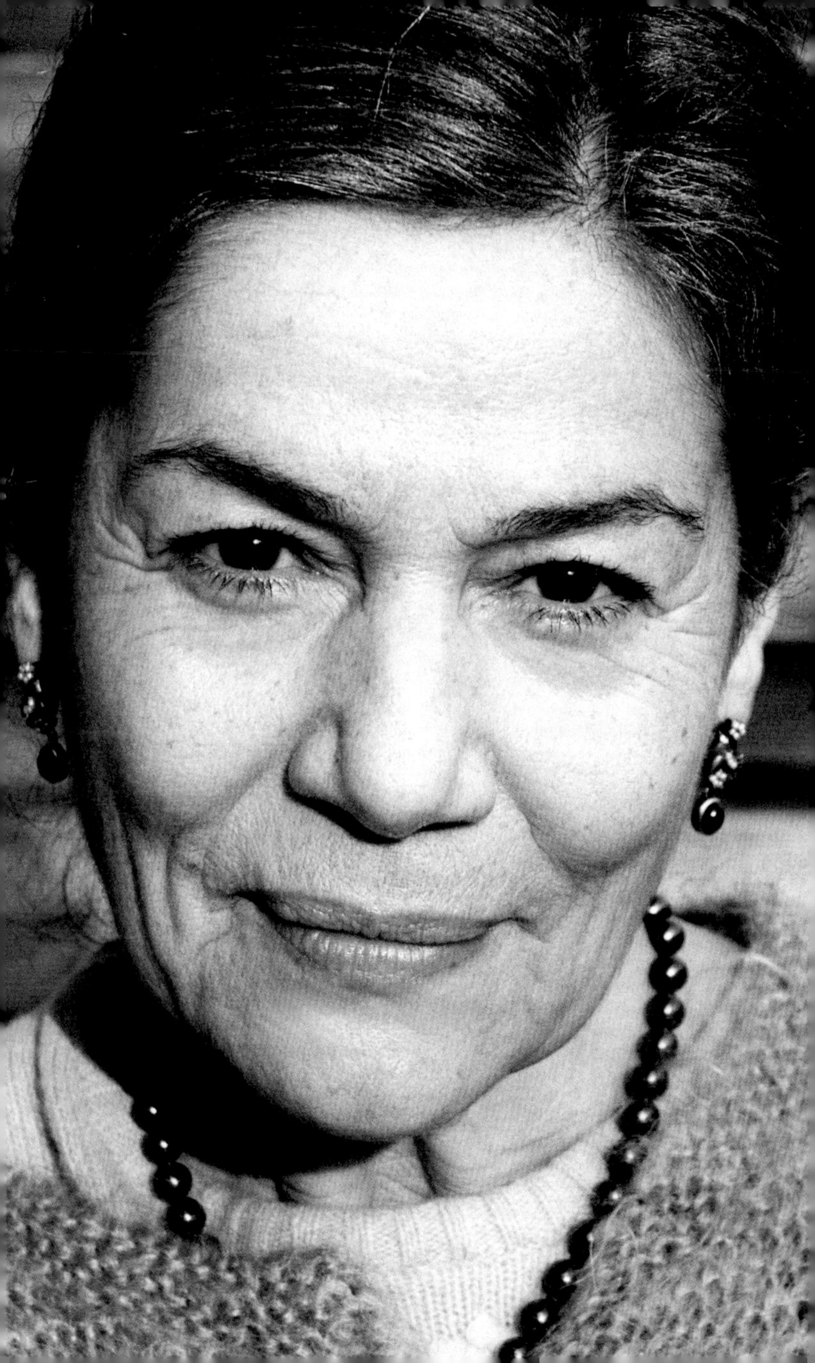

Es ist eine Liebesgeschichte, obwohl sich die beiden in den letzten Jahren ihrer über dreißigjährigen Ehe nicht mehr viel zu sagen haben. Nicht, weil sie sich nicht mehr verstünden, sondern weil sie so sehr aneinander gewöhnt sind, dass sie glauben, alles voneinander zu wissen.

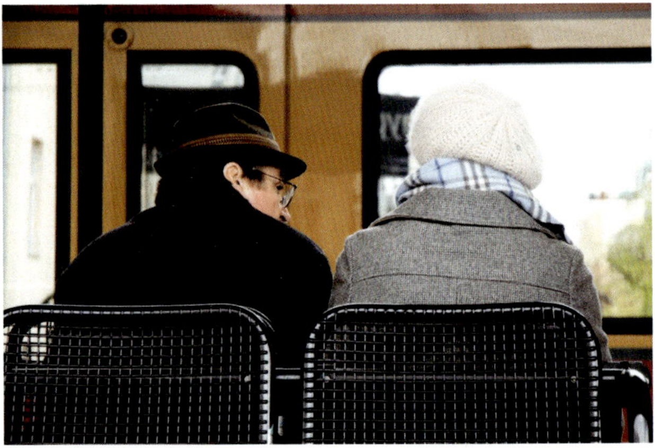

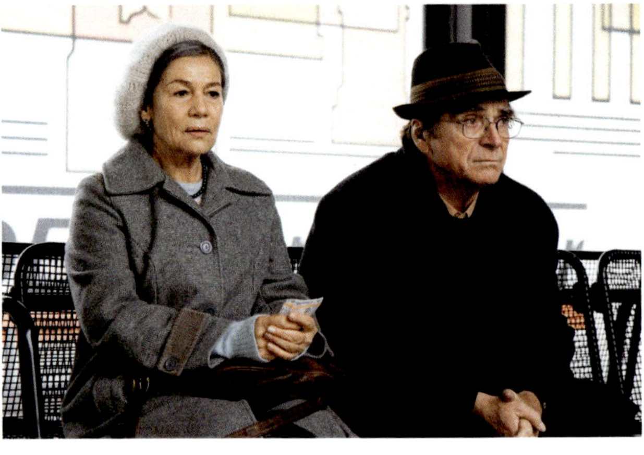

Seit über dreißig Jahren leben sie in einem kleinen Ort im Allgäu.

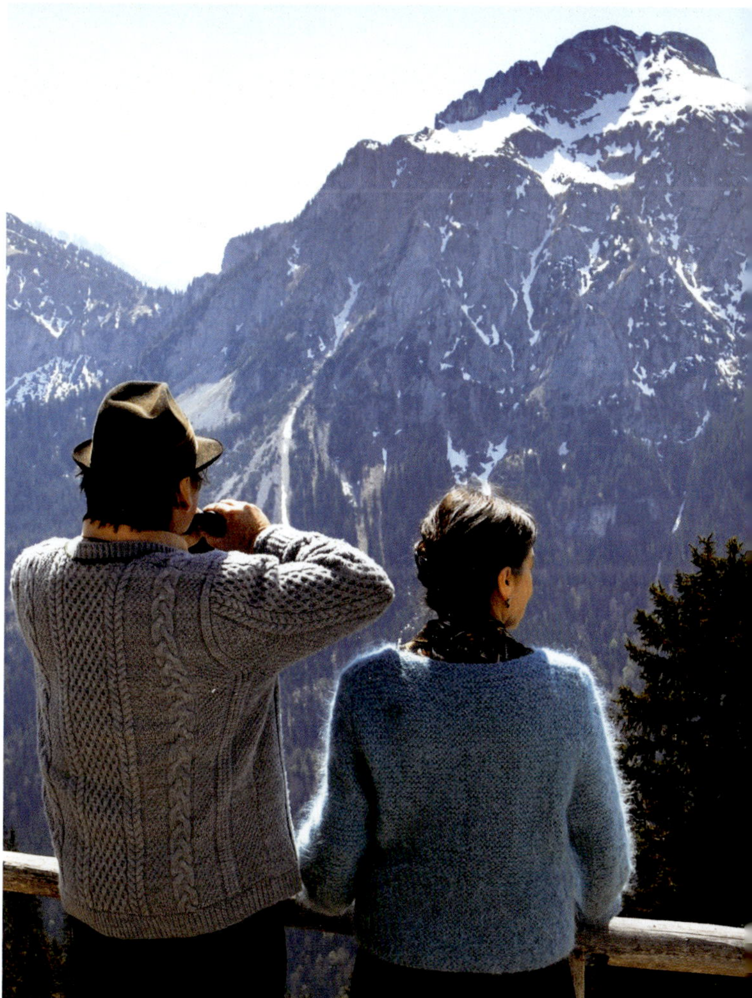

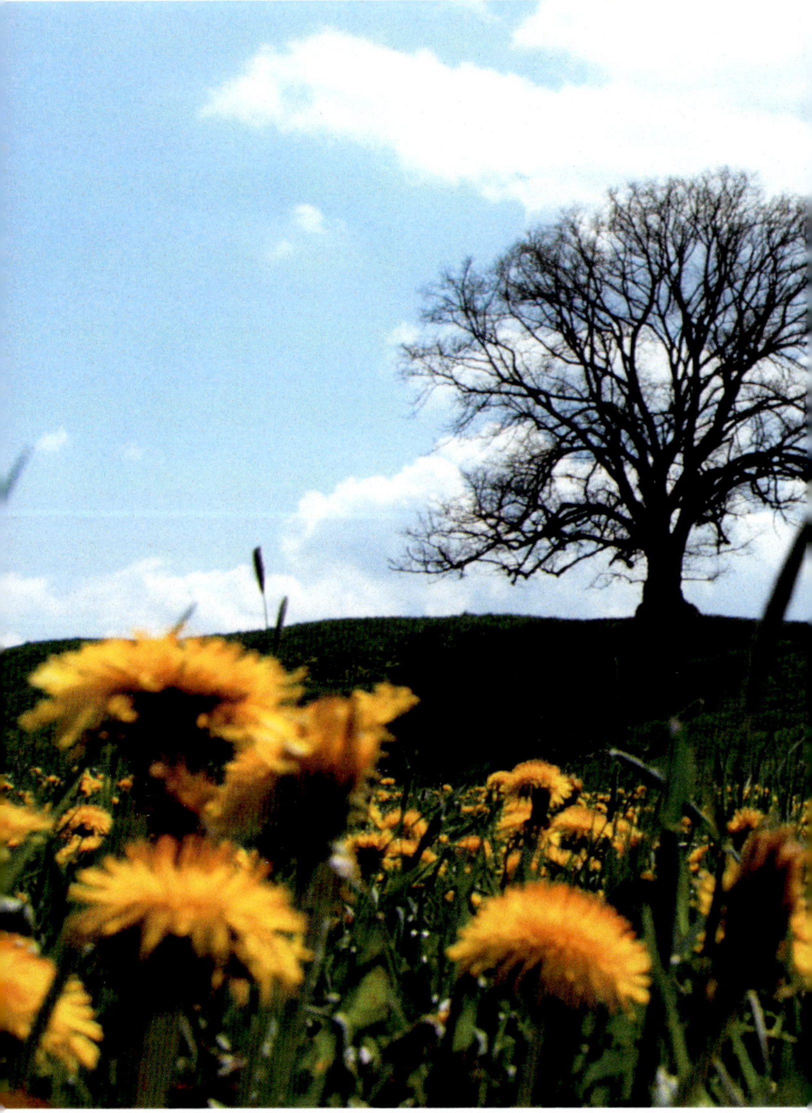

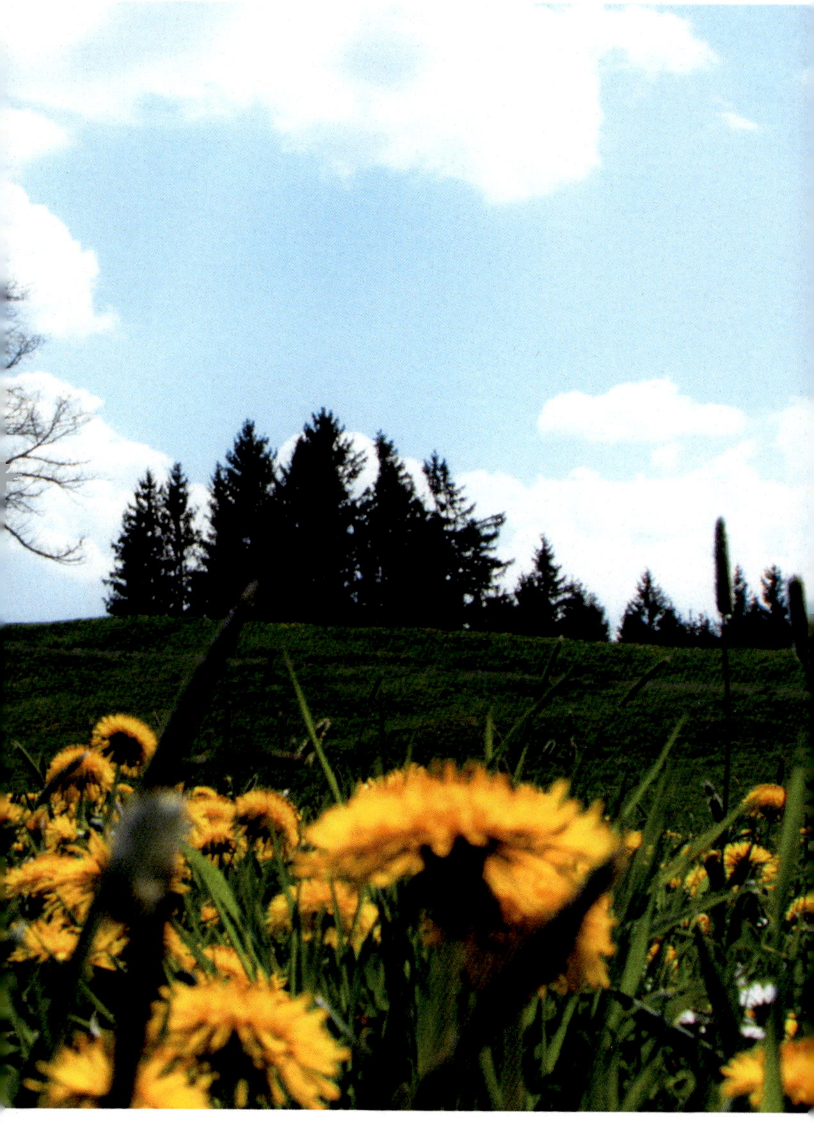

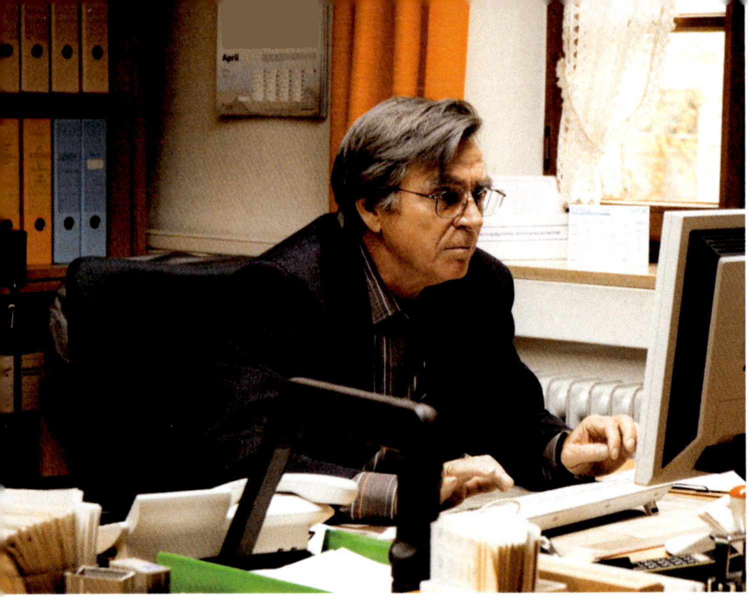

Rudi geht Tag für Tag in seine Arbeit bei der Kreisverwaltung, Abteilung Abfallentsorgung, und wartet auf seine Pensionierung. *Dann,* denkt er sich. *Ja, dann.*

Und dann wird Rudi krank. So krank, dass man seiner Frau überlässt, ihm die schlechten Nachrichten zu überbringen – oder auch nicht. Eine kleine, letzte Reise, schlagen die Ärzte vor, soll sie mit ihm machen, ein kleines Abenteuer.

Mein Mann, sagt Trudi, *mag keine Abenteuer. Ihm ist es am liebsten, wenn sich nichts verändert. Nie. Nichts. Gar nichts.*

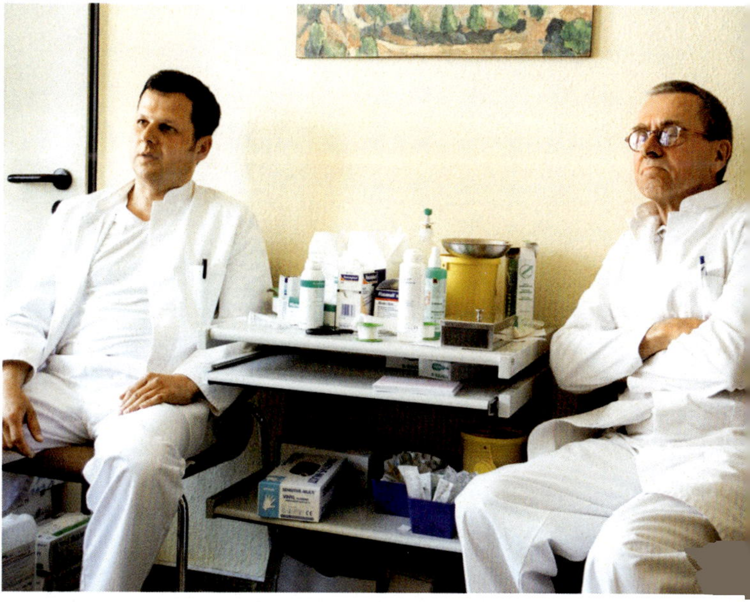

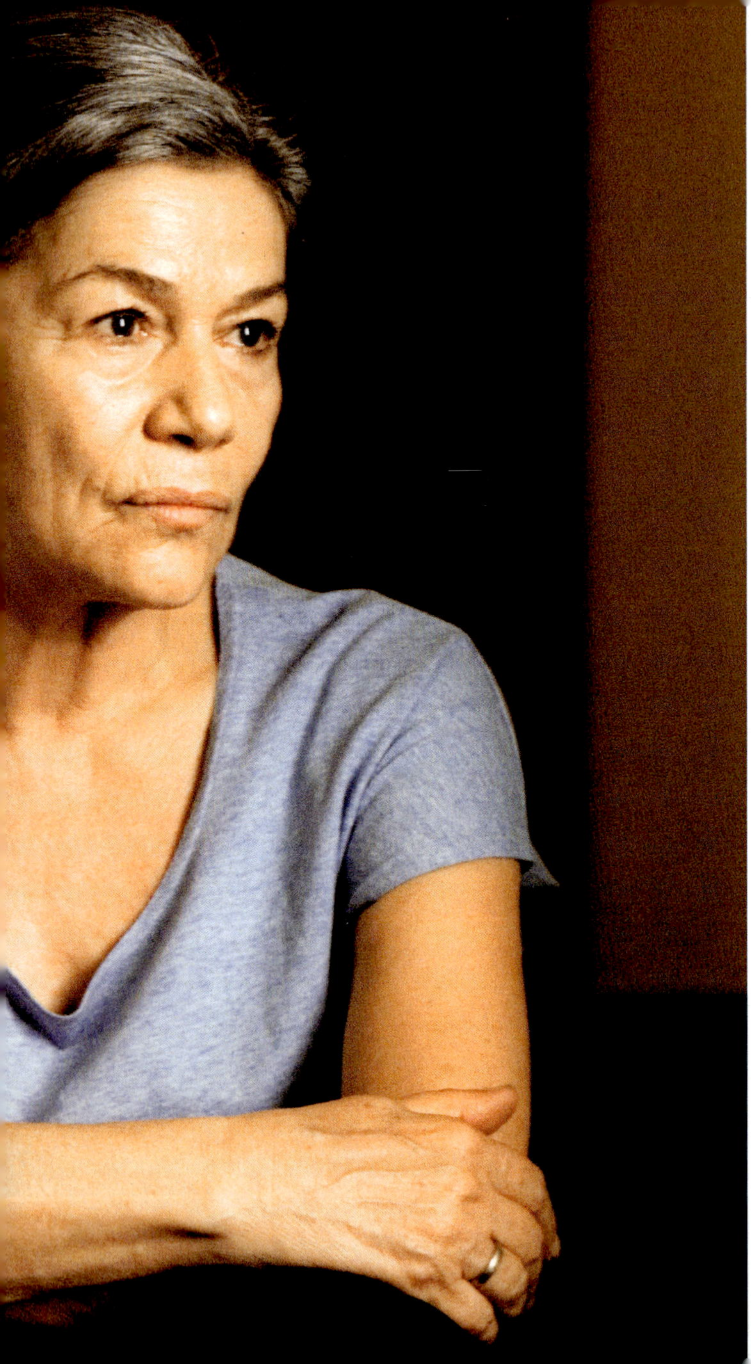

Trudi sagt Rudi nichts und erstickt fast daran. Jede Minute ist von jetzt an gezählt. Soll sie sie ihm noch als unbelastete, vielleicht sogar ab und an glückliche Momente lassen – oder soll sie sein Scharfrichter werden?

Die Eintagsfliege:
Halt ein! Was willst du tun? Sie morden?
Grausame! Weißt du, was du tust?
Ein Tag ist ihr zuteil geworden.
Ein Tag des Leids. Ein Tag der Lust.
O lass sie leben, lass sie schweben,
bis ihre Feierstunde schlug.
Ihr Himmel ist ein Eintagsleben.
Ihr Paradies ein Abendflug.

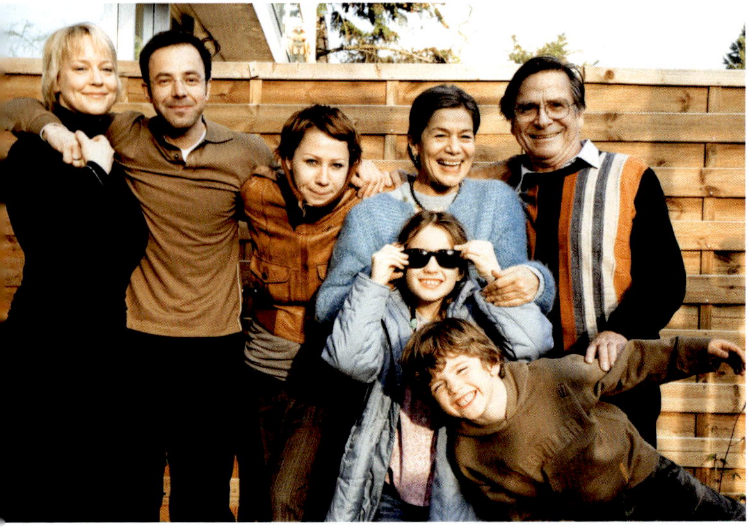

Trudi beschließt, mit Rudi nach Berlin zu fahren, damit er seine Kinder Klaus und Karolin und seine Enkelkinder noch einmal sieht. Karl wird er wahrscheinlich nie mehr sehen, denn er lebt in Tokio. Aber keins der Kinder hat Zeit für die Eltern.

Karolin lebt mit ihrer Partnerin Franzi zusammen und betreibt mit ihr ein Möbelgeschäft.

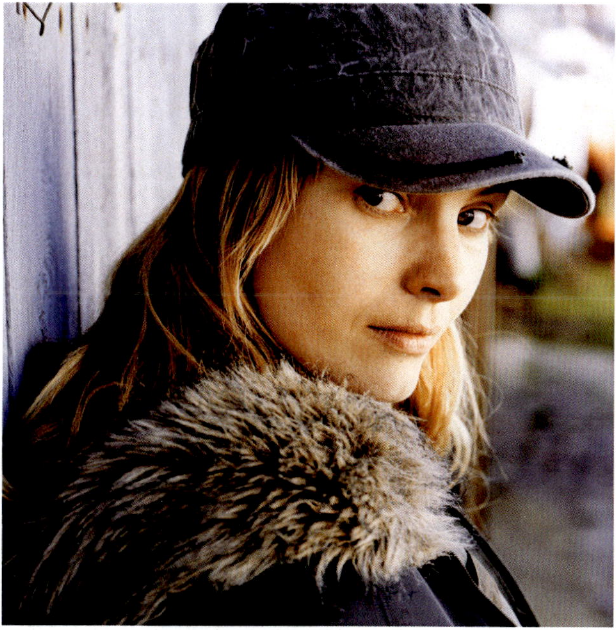
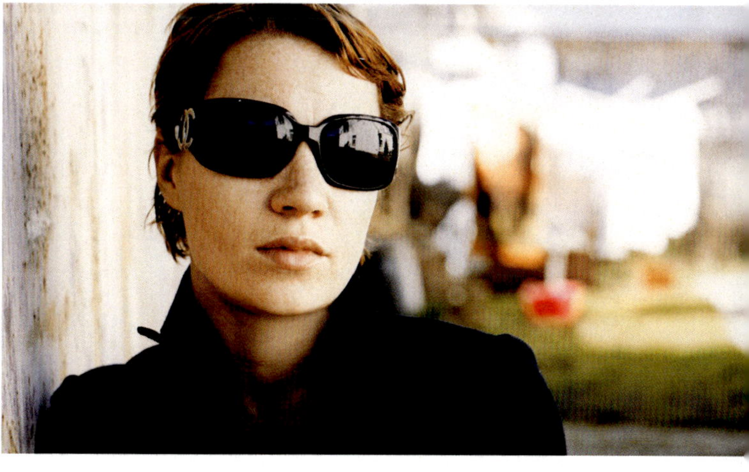

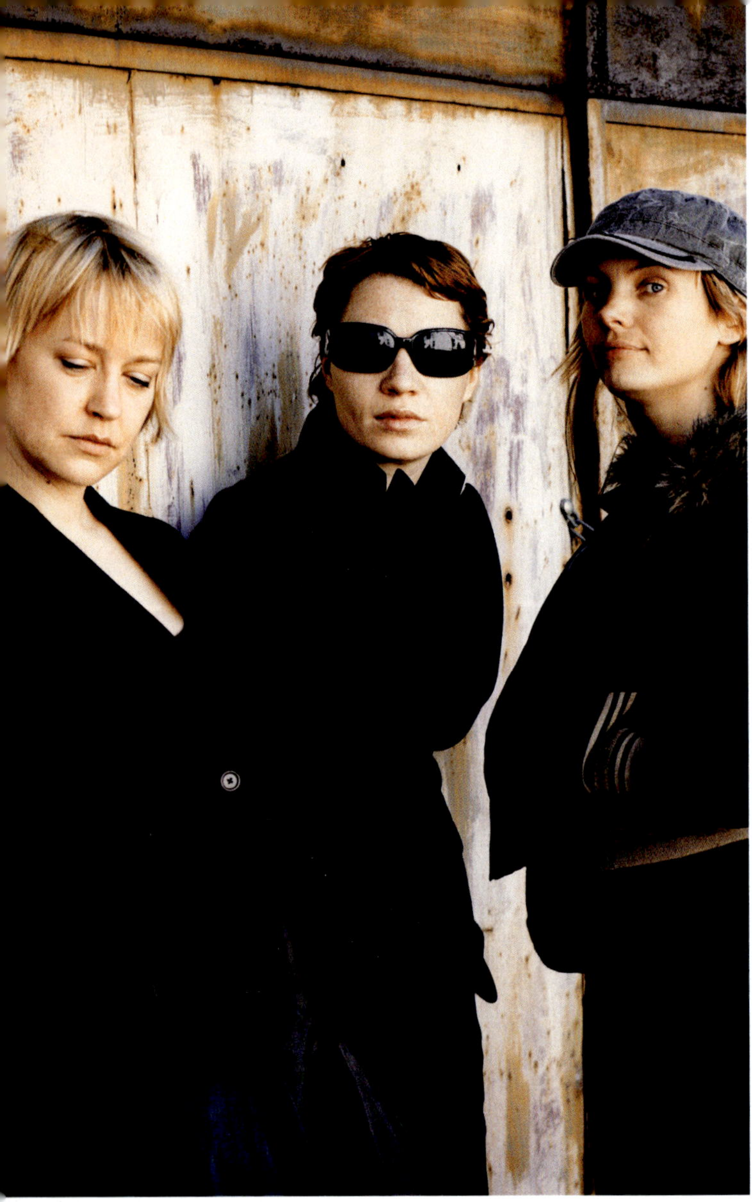

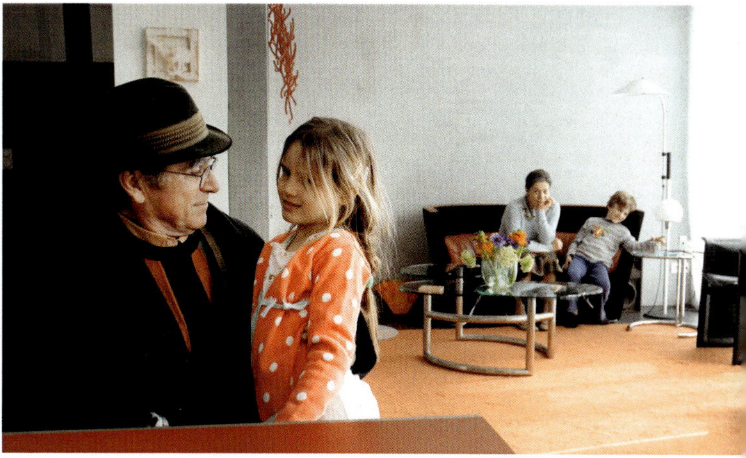

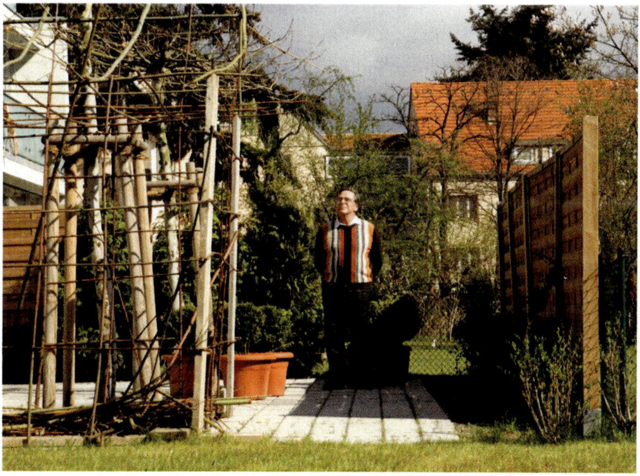

Klaus ist Politiker, seine Frau Emma arbeitet in einer Redaktion, alle haben zu tun und wissen nicht, was sie den ganzen Tag mit den Eltern anfangen sollen.

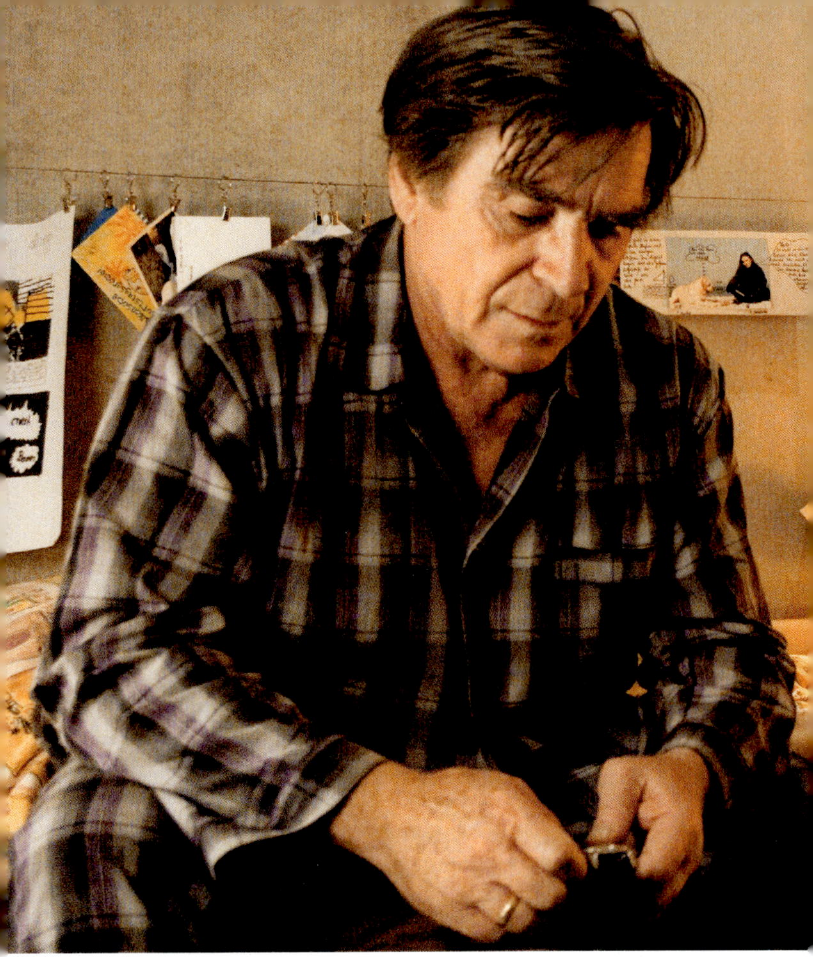

Trudi: *Bist du müde?*
Rudi: *Nein, eigentlich nicht.*
Trudi: *Ich freu mich, dass es den Kindern gutgeht.*
Rudi: *Mm.*
Trudi: *Komisch, wie die Erinnerung funktioniert. Ich kann mich so genau dran erinnern, wie sie waren als kleine*

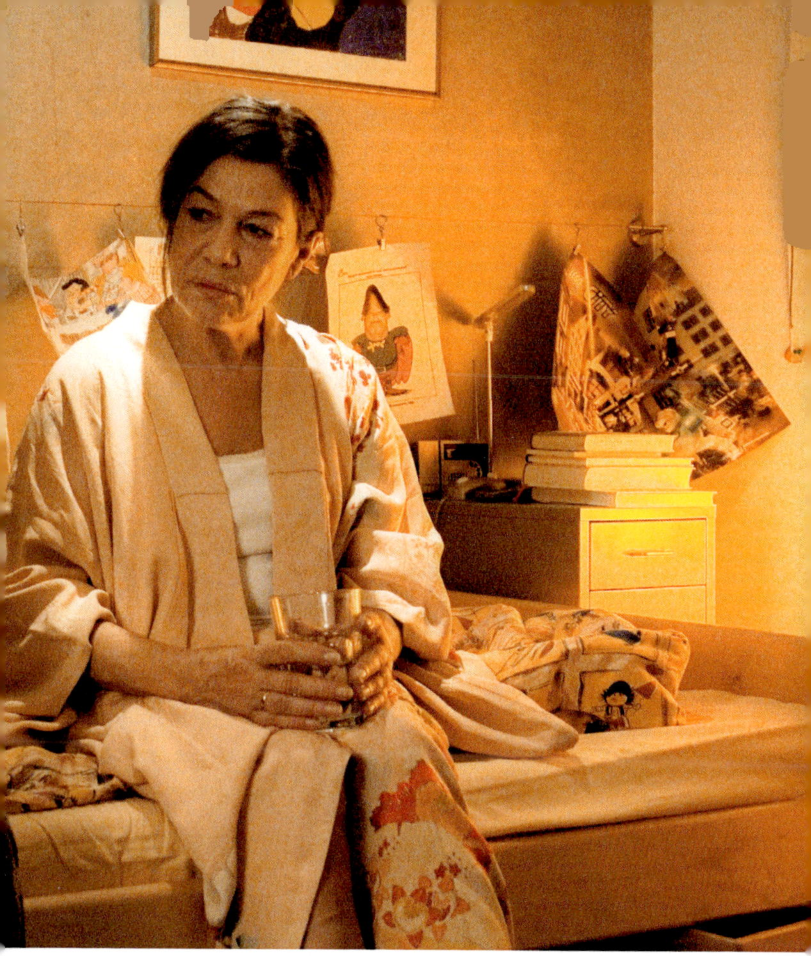

Kinder, aber jetzt weiß ich einfach nicht mehr, wer sie sind.
Rudi: *Bist du enttäuscht von deinen Kindern?*
Trudi: *Ich erkenne sie einfach nicht recht wieder.*
Rudi: *Alle sind gesund.*
Trudi (nach einer Pause): *Ja.*
Rudi: *Man darf nicht zu viel erwarten.*

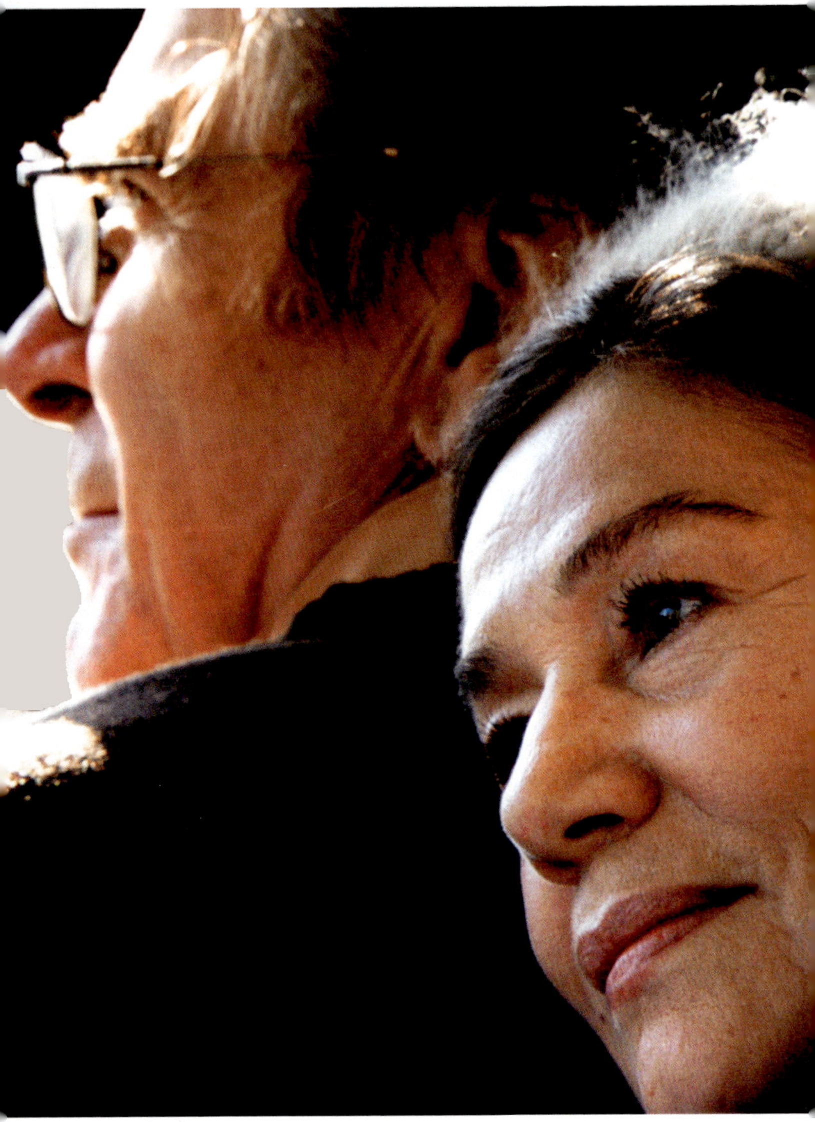

Trudi: *Ich wollte immer mit Rudi zusammen nach Japan fahren. Einmal den Fuji sehen. Die Kirschblüte. Mit ihm. Denn ohne meinen Mann etwas zu sehen, kann ich mir gar nicht vorstellen. Das wäre so, als hätte ich es gar nicht wirklich gesehen. Wie soll ich denn leben ohne meinen Mann?*

Trudi geht in Berlin in eine Tanzvorstellung des berühmten Butoh-Tänzers Tadashi Endo, weil sie selbst, bevor sie geheiratet hat, Butoh-Tanz studiert hat, immer mal nach Japan wollte, wofür sich aber niemand in der Familie je sonderlich interessiert hat. Rudi war dieser japanische ›Ausdruckstanz‹, wie er es nennt, immer eher peinlich. Er geht auch in Berlin nicht mit.

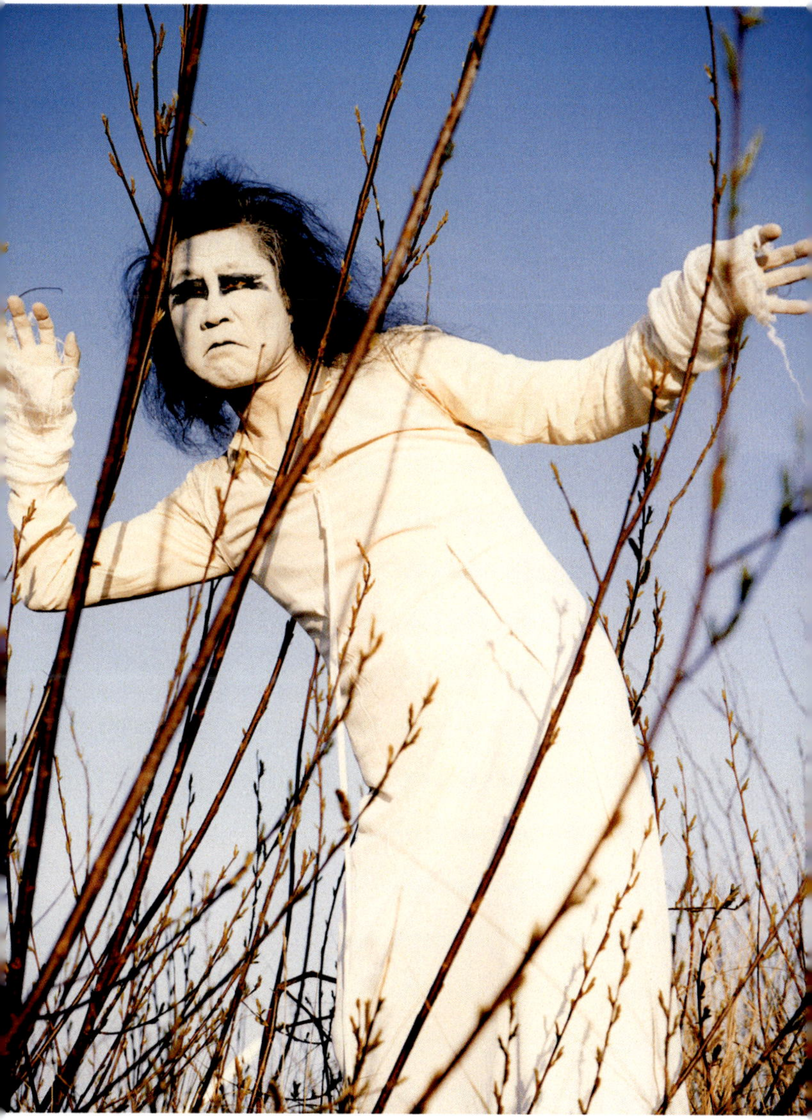

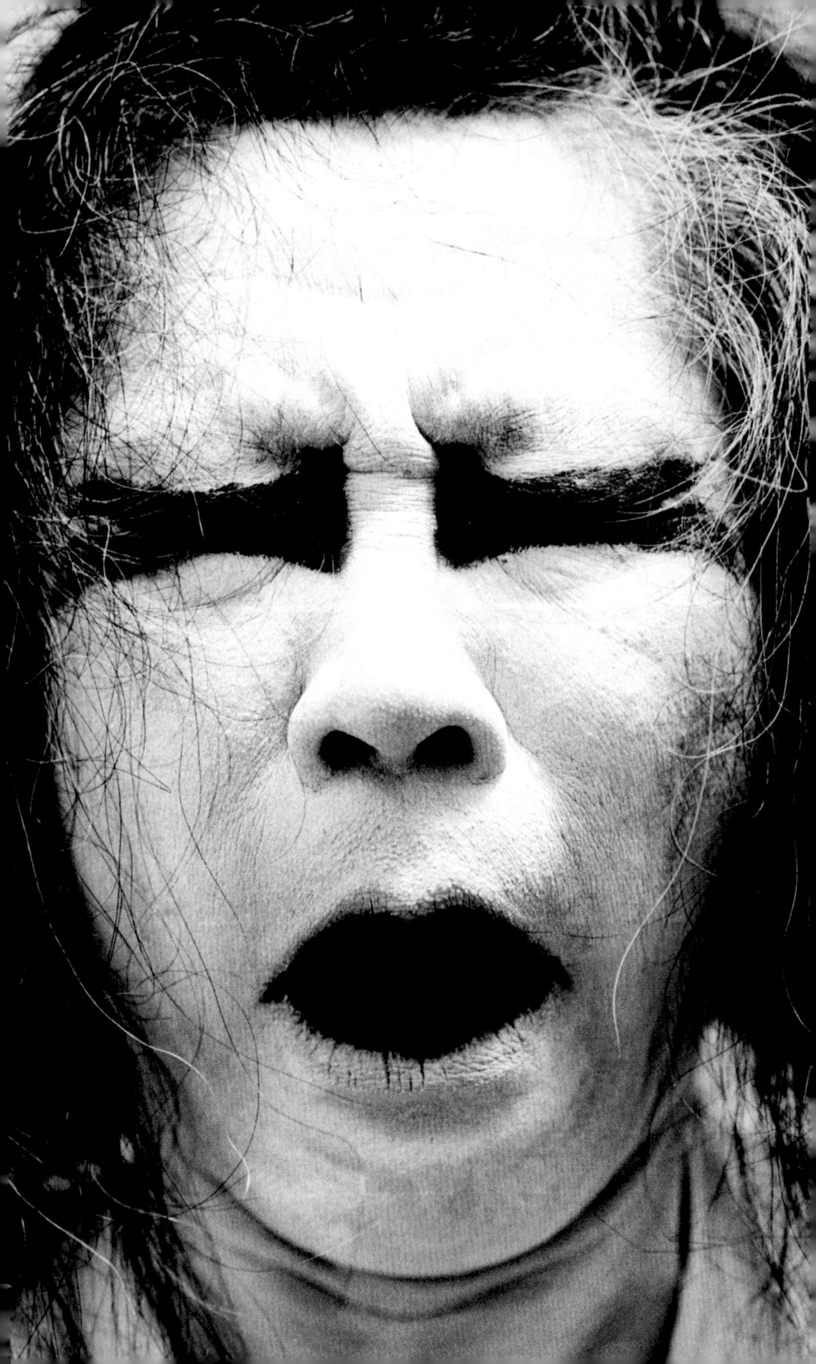

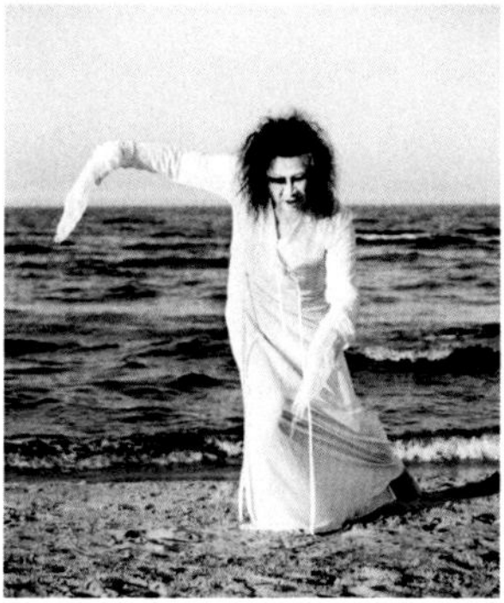
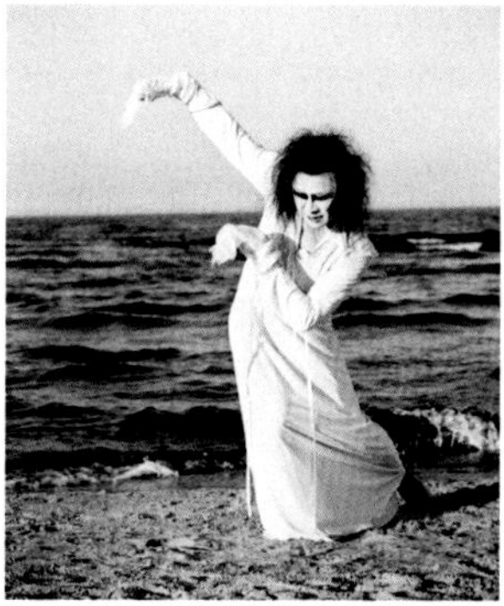
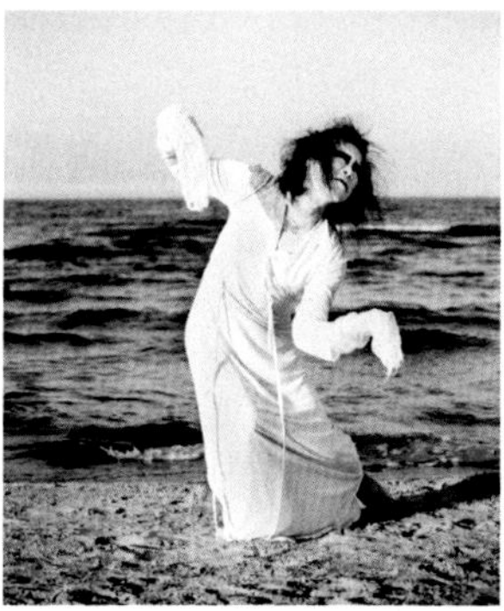
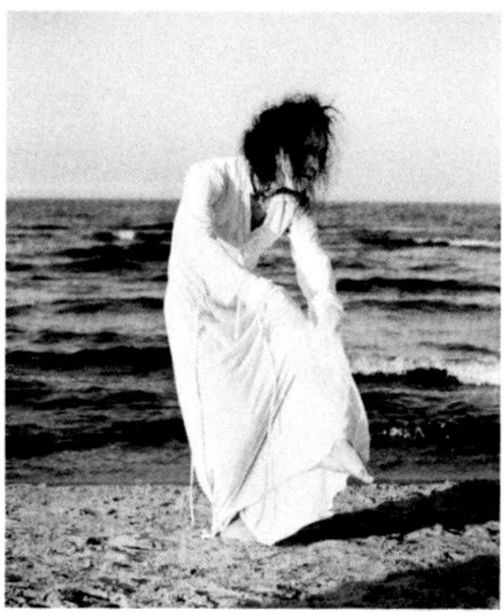

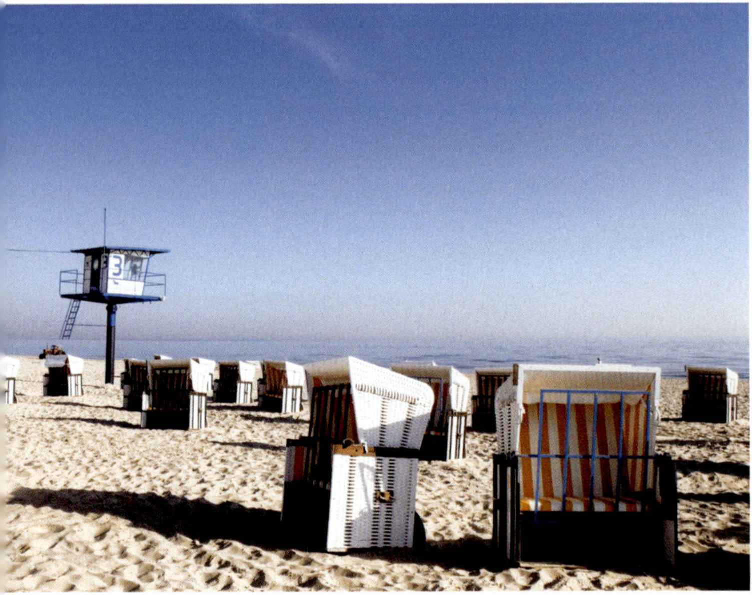

Rudi möchte heim. Die Kinder haben ja doch keine Zeit. Trudi schlägt vor, doch noch an die Ostsee zu fahren. Vielleicht möchte er noch einmal das Meer sehen, denkt sie.

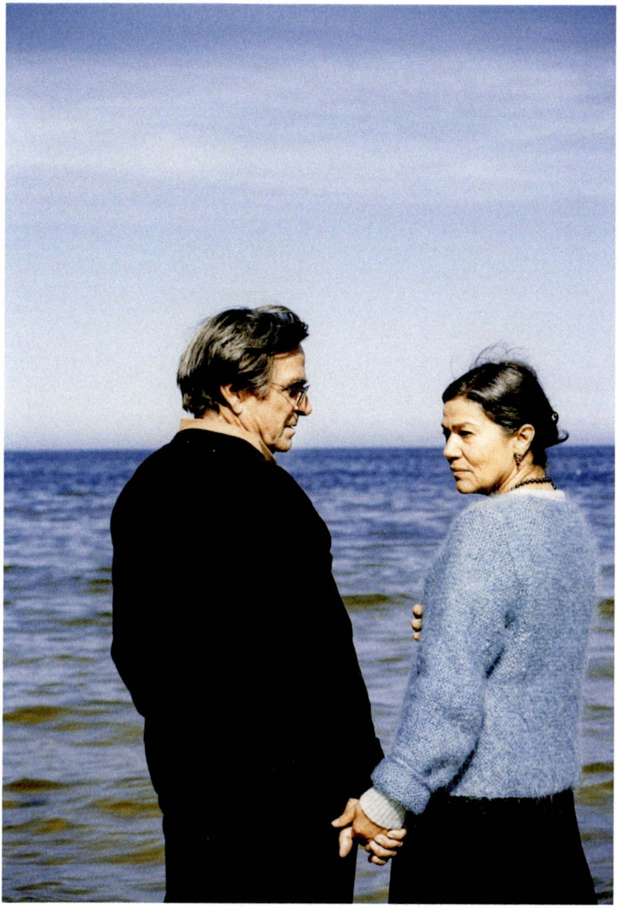

Rudi: *Möchtest du denn ans Meer?*
Trudi: *Und du? Möchtest du?*
Rudi: *Wenn du unbedingt willst.*
Trudi: *Aber was willst denn du?*
Rudi: *Ich mache doch immer, was du sagst.*

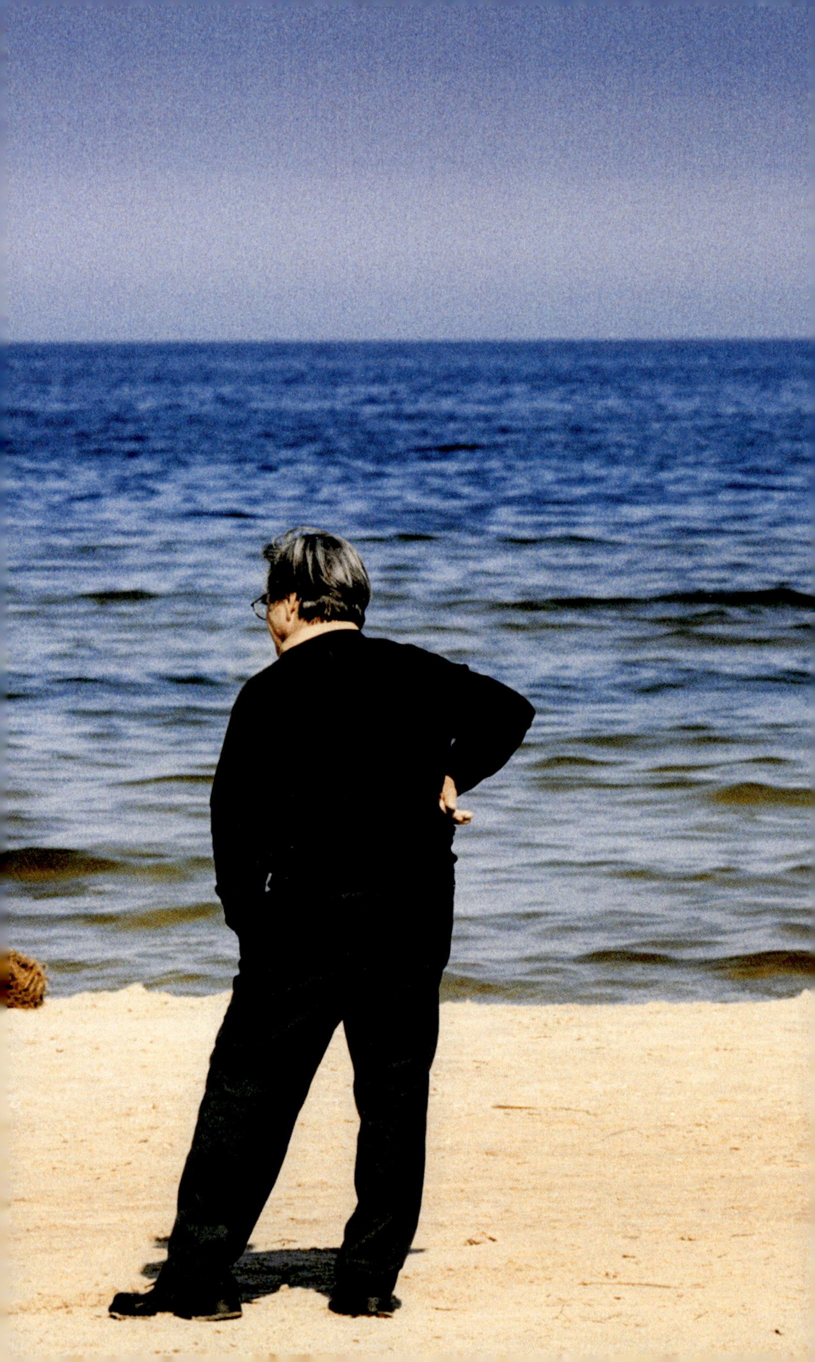

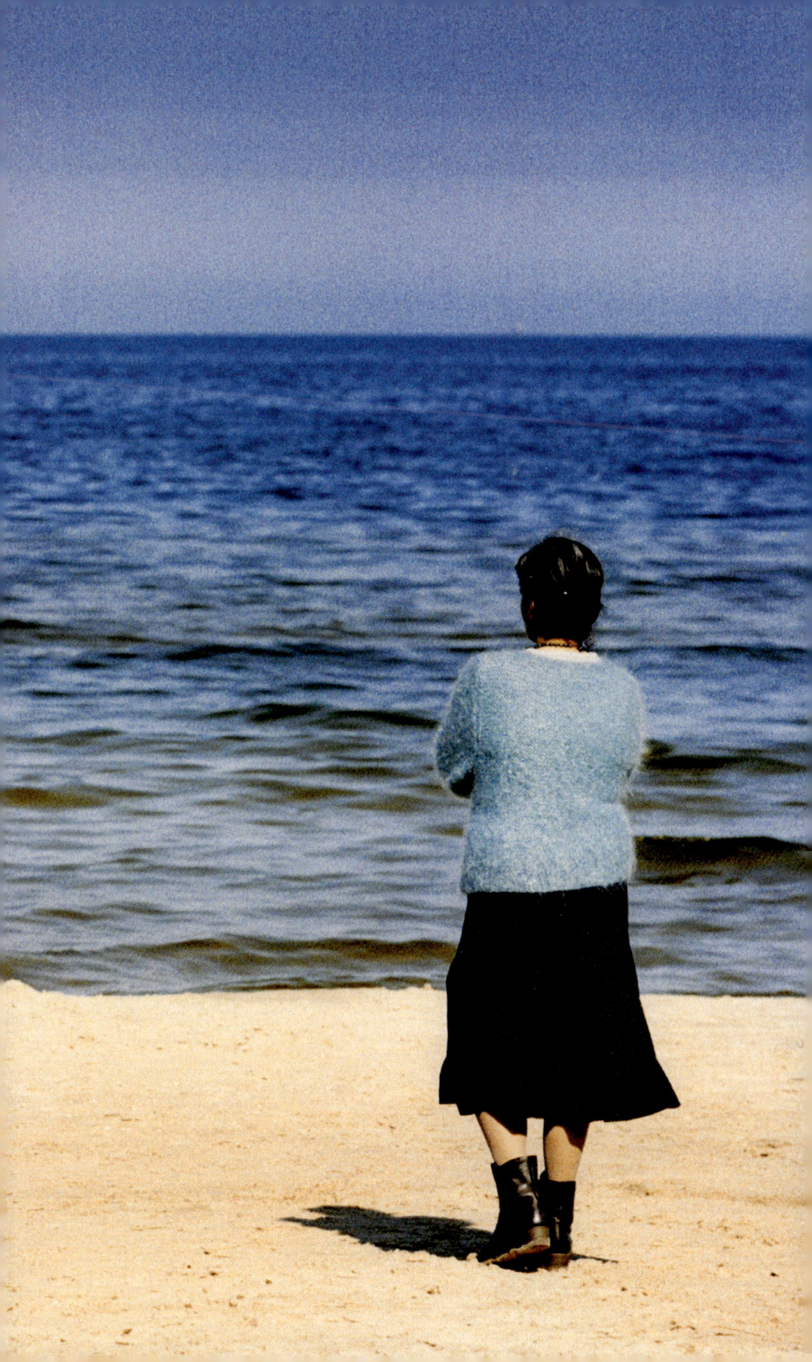

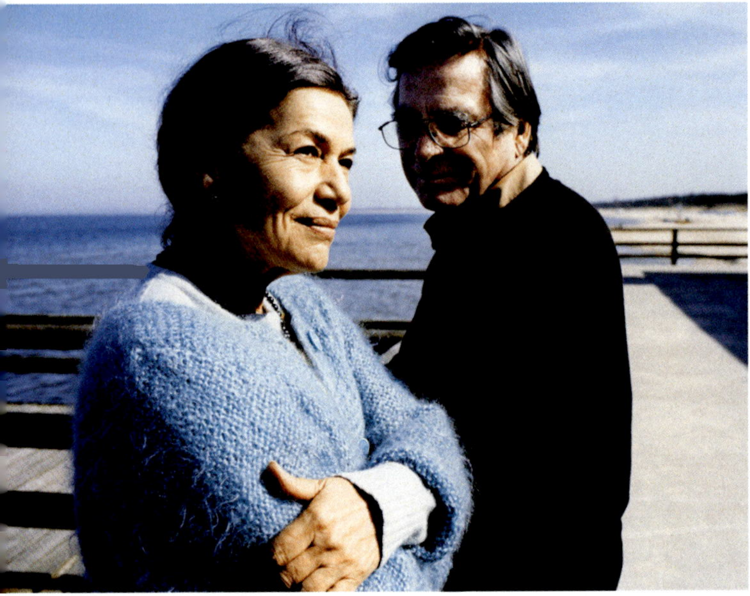

Rudi: *Das Meer ist auch nicht mehr das, was es mal war.*
Trudi (lacht): *Immer hast du was zu meckern.*
Rudi: *Lass uns morgen früh aufstehen und am Strand lang spazieren.*
Trudi: *Du willst dich bewegen? Das ist ja wunderbar.*

Rudi (unvermittelt): *Ich möchte mal, dass meine Asche ins Meer gestreut wird.*
Trudi (erschrocken): *Warum sagst du so was?*
Rudi: *Nur so. Denkst du nie darüber nach?*
Trudi: *Rudi ...*
Rudi: *Du hast recht. Man sollte nicht daran denken.*

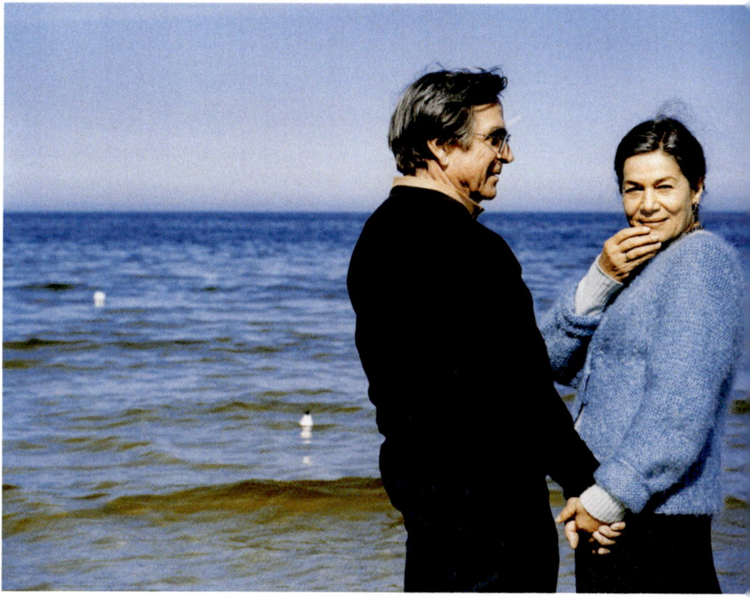

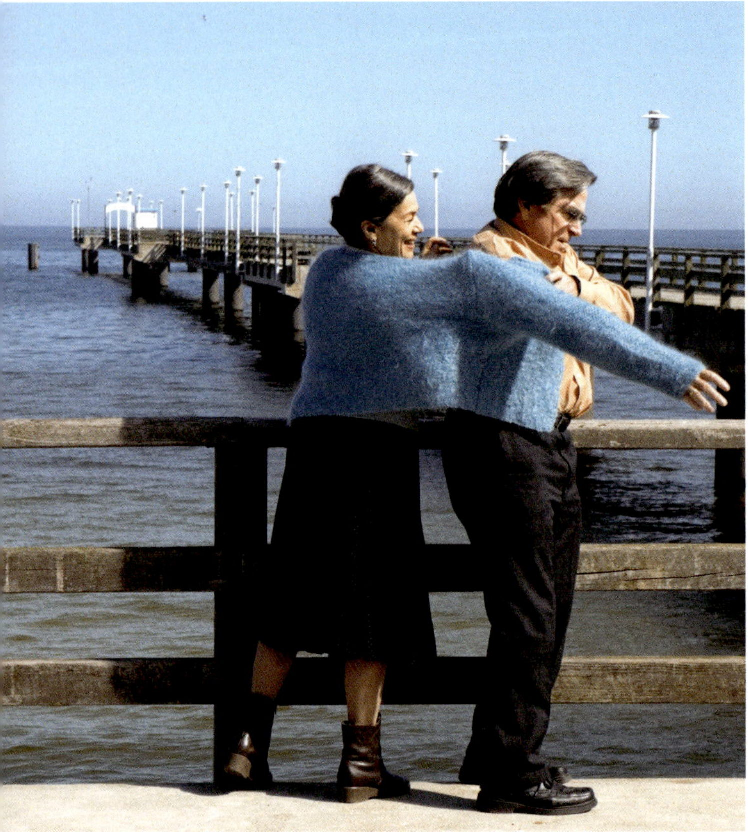

Trudi (sehr vorsichtig): *Angenommen, wir hätten nicht mehr so viel Zeit, was würdest du dann gern tun?*
Rudi: *Ach, dieser Satz: Leb jeden Tag so, als wäre es dein letzter! Ist doch Quatsch.*

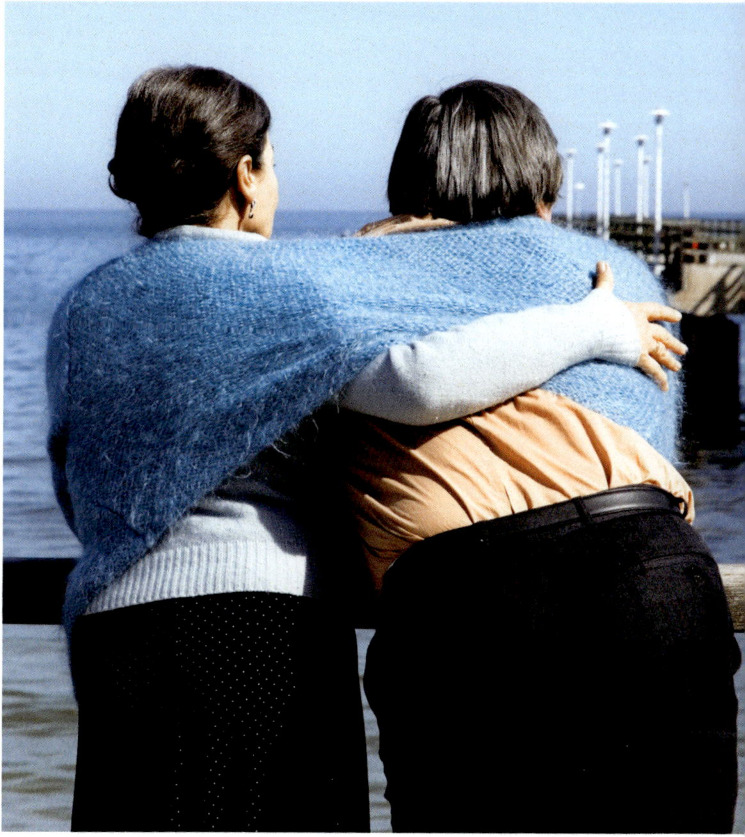

Was sollte ich denn anderes tun? Ich sag dir, was ich tun würde: Ich würde morgens in die Arbeit gehen und abends zu dir nach Haus kommen. Das würde ich tun.

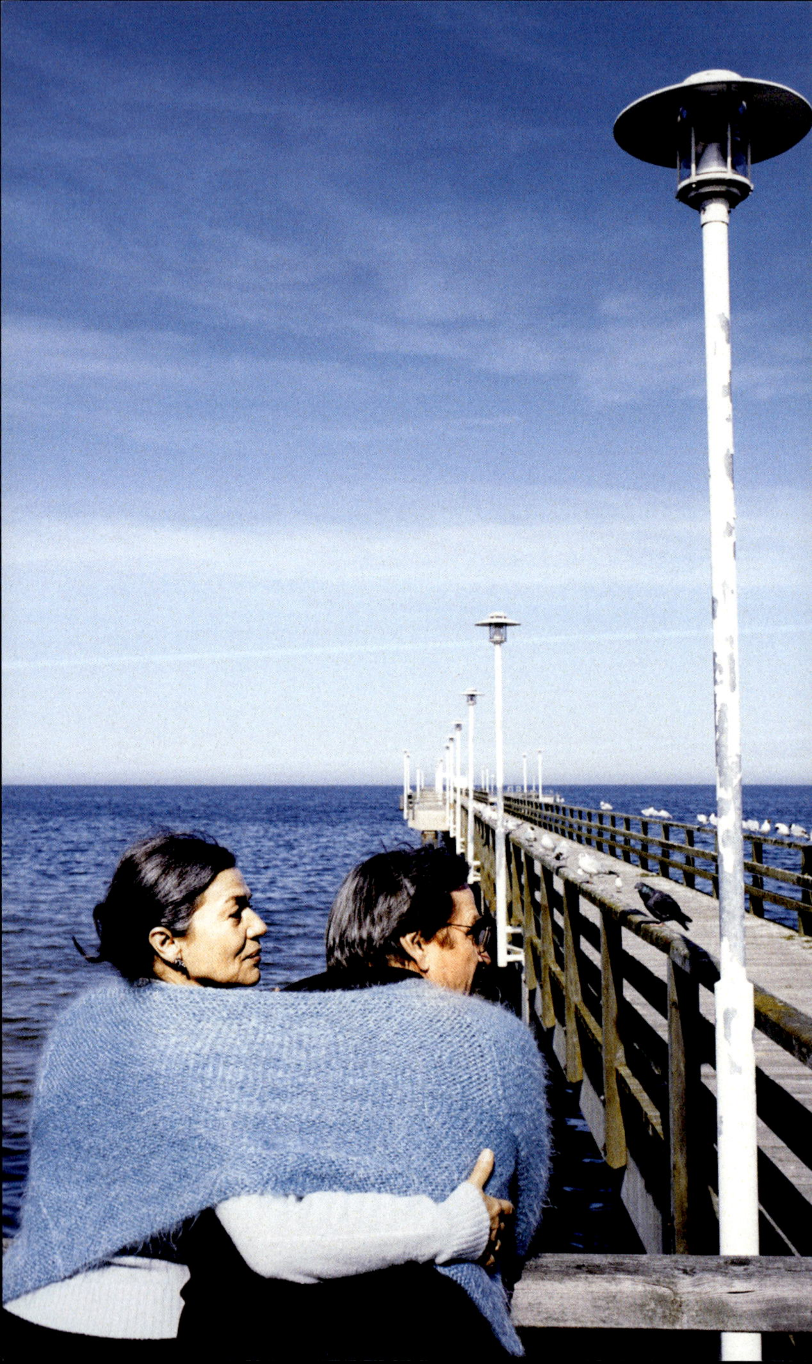

Am nächsten Morgen wacht Trudi nicht mehr auf.
Einfach so.

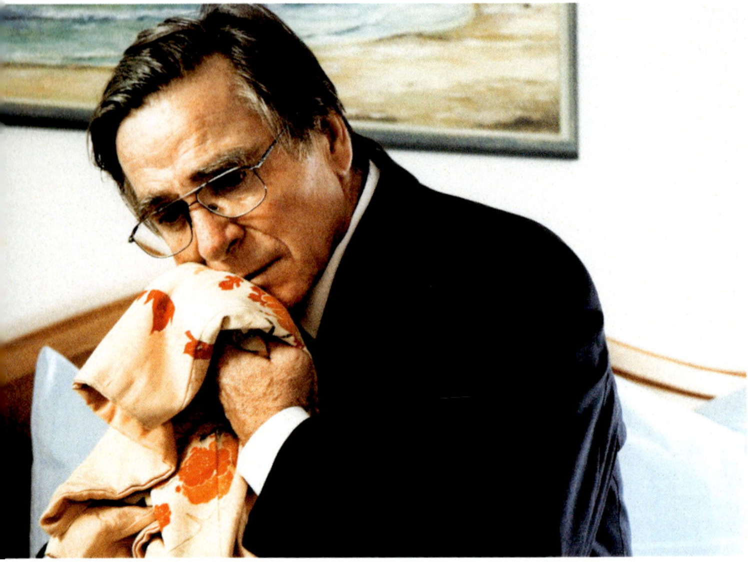

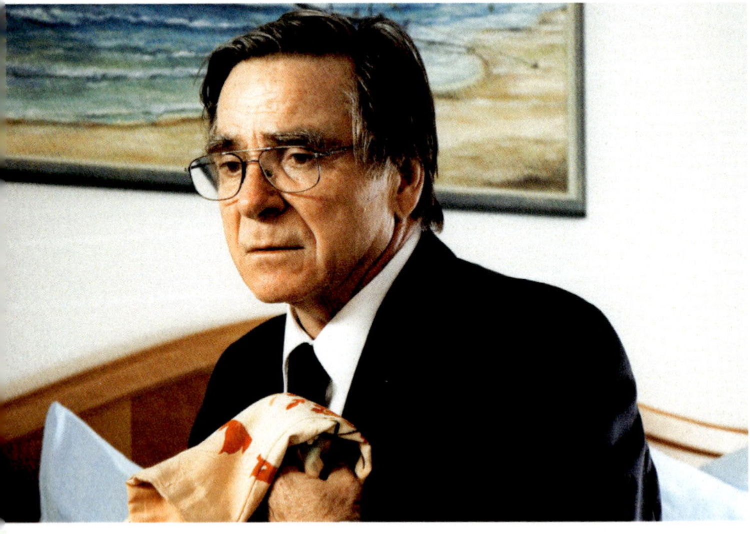

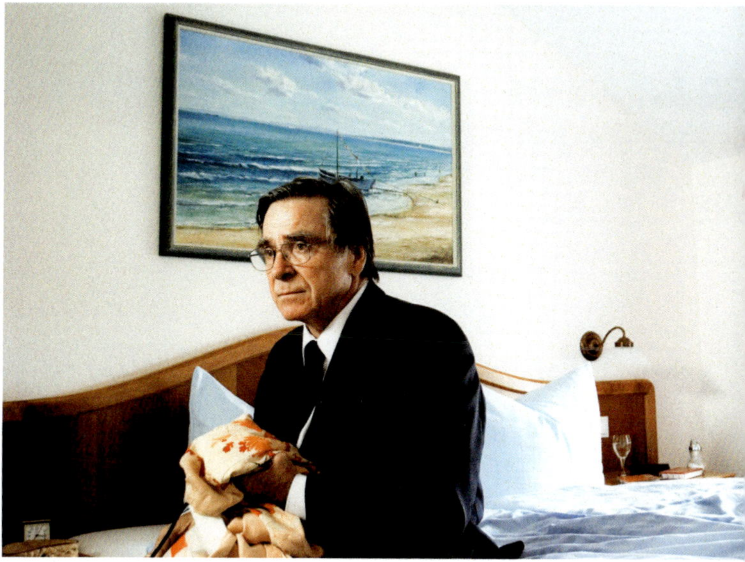

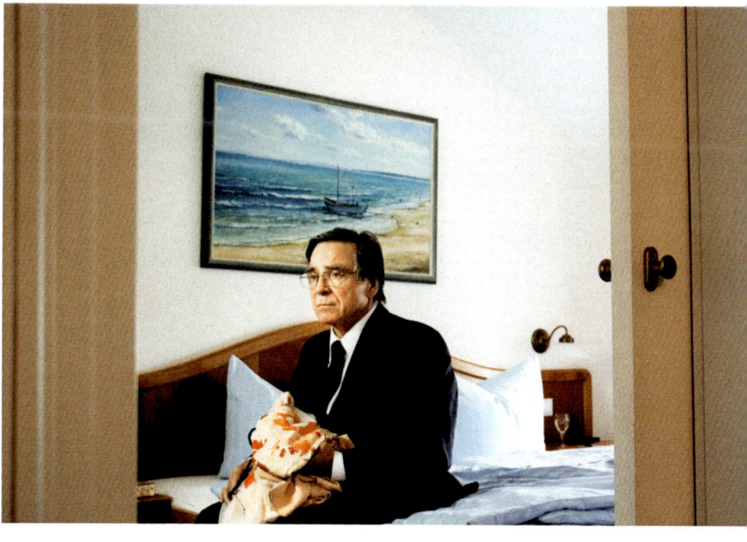

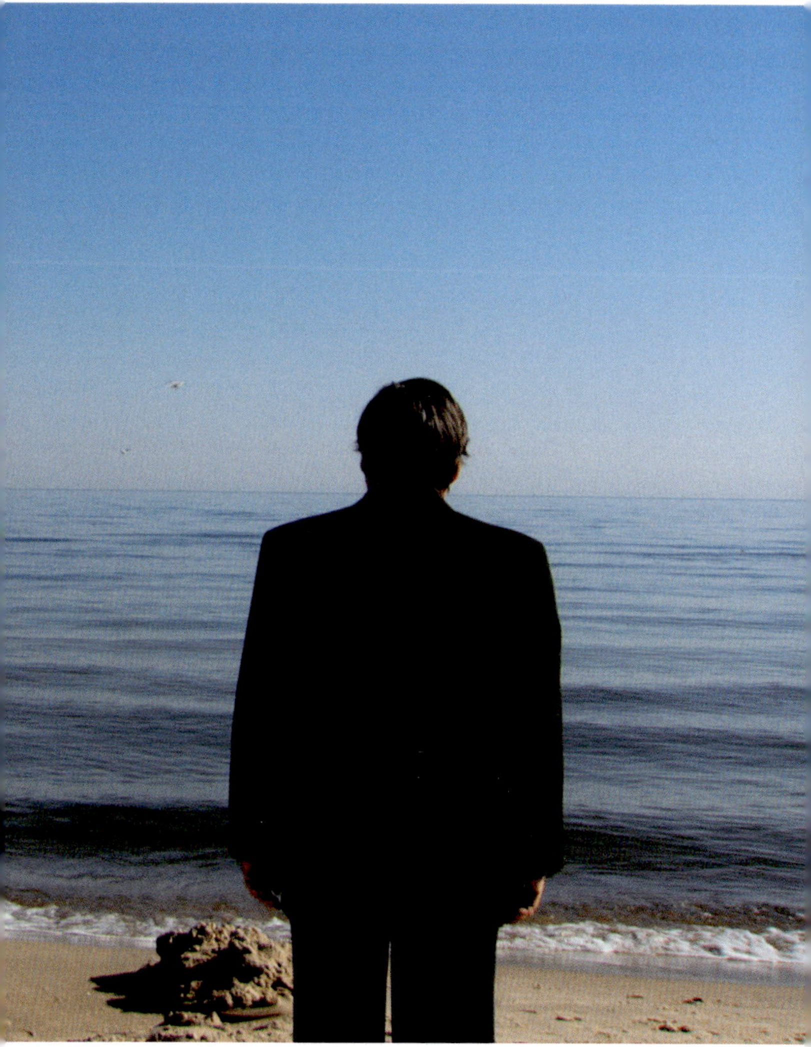

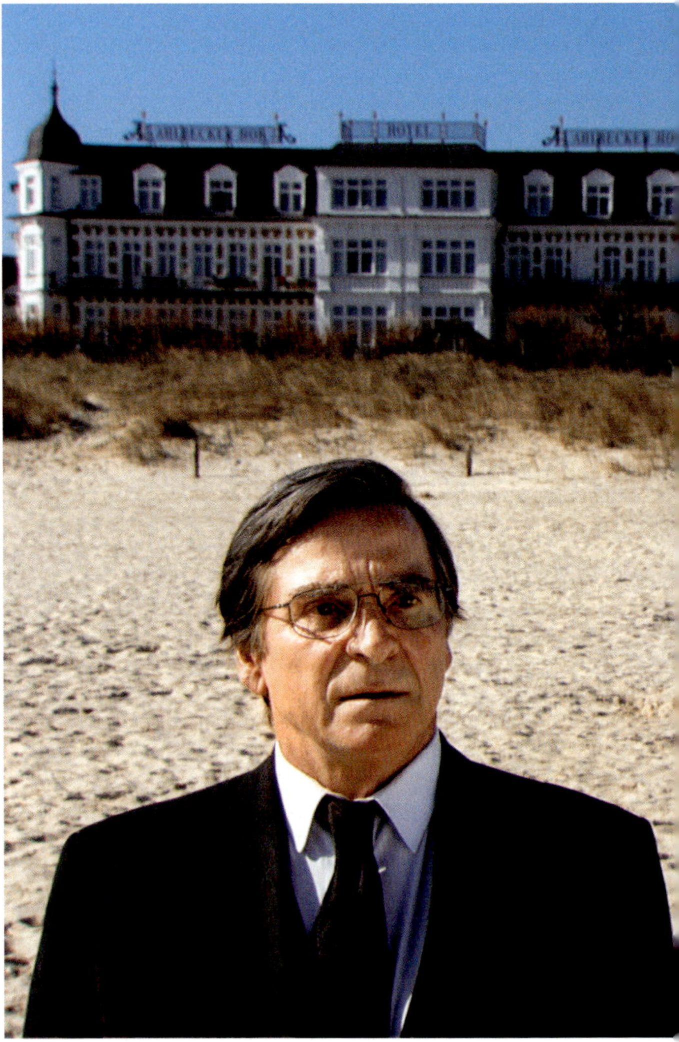
HOTEL

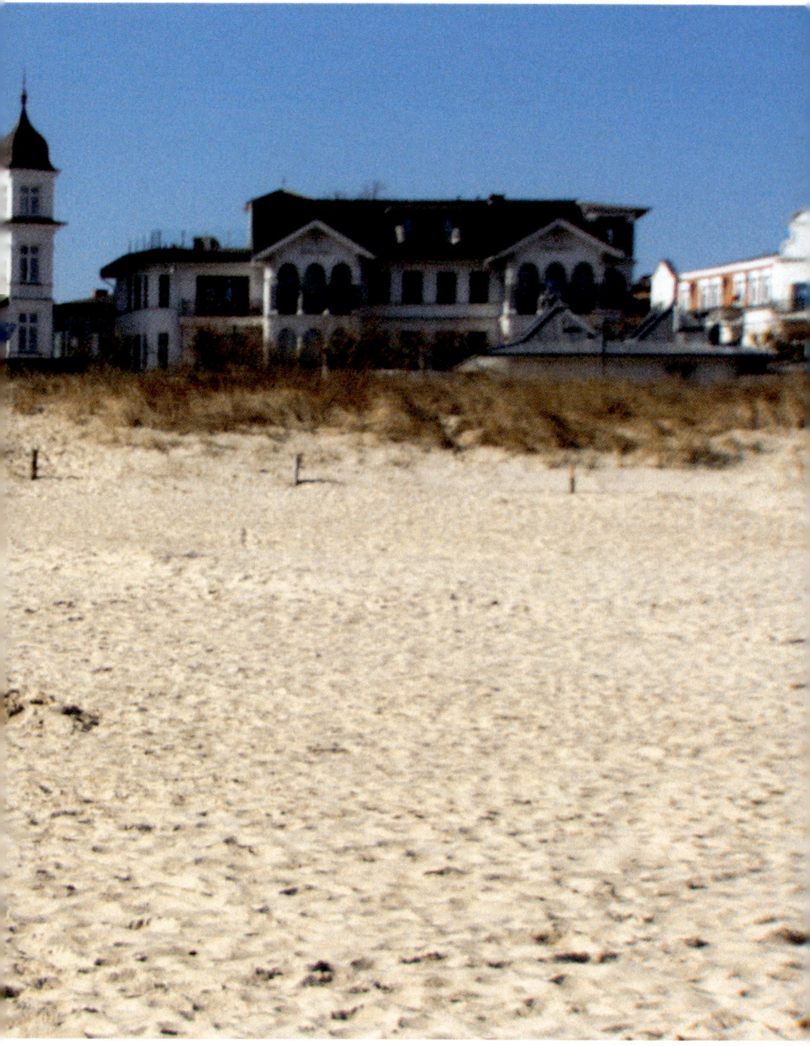

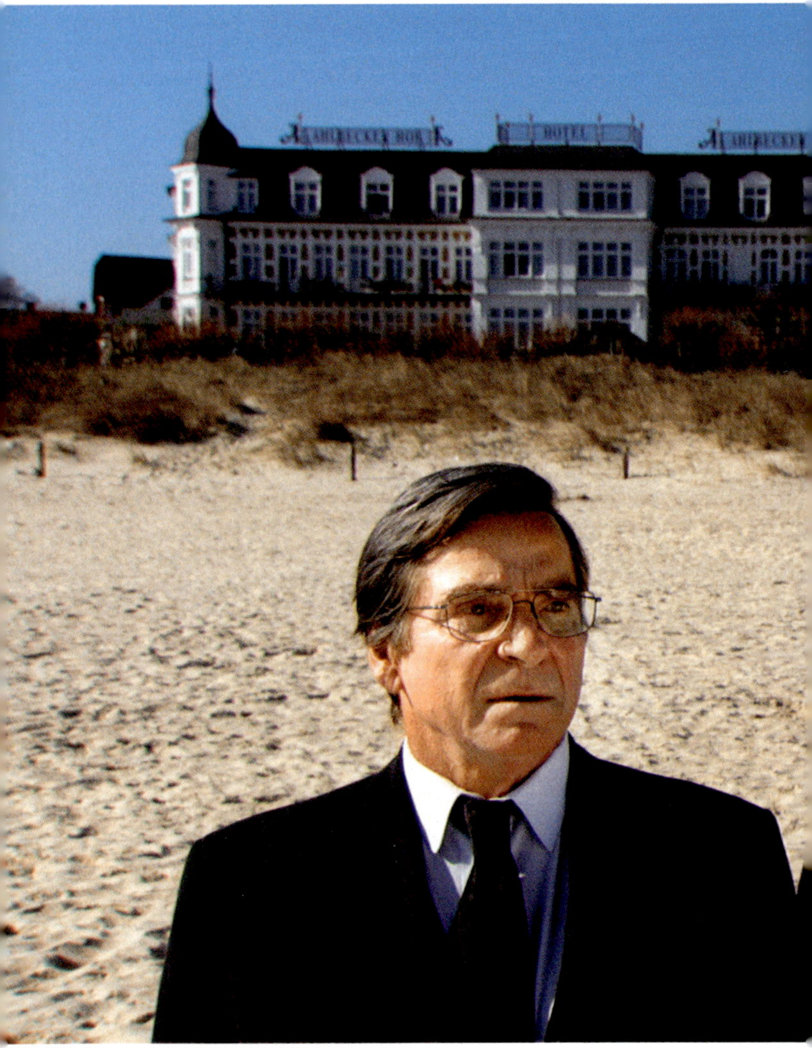

Die Kinder reisen an.

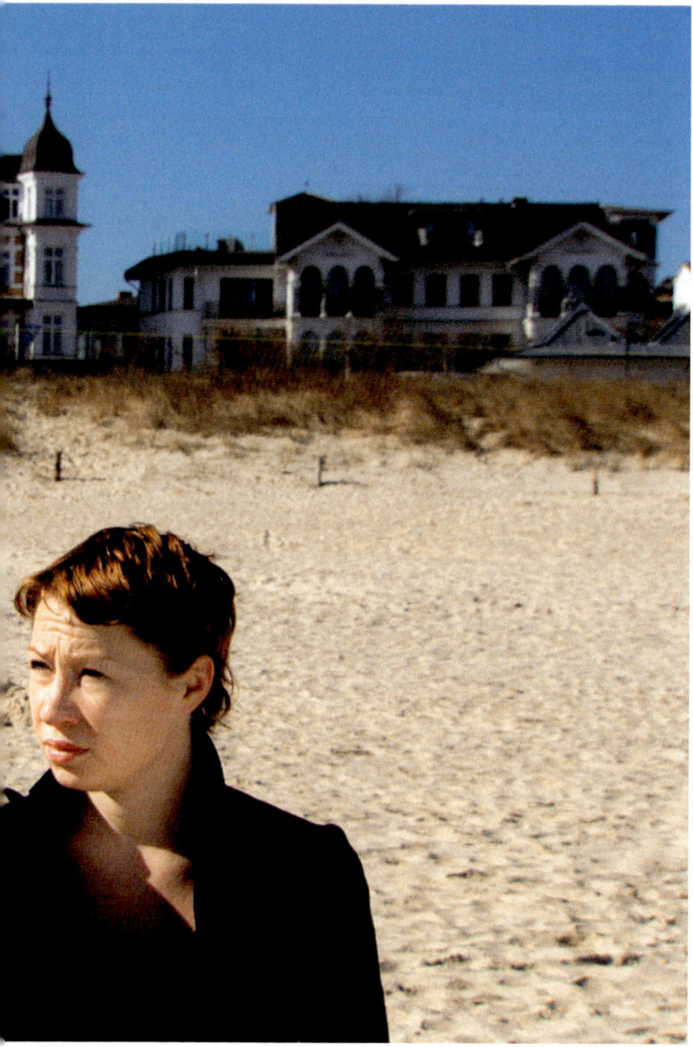

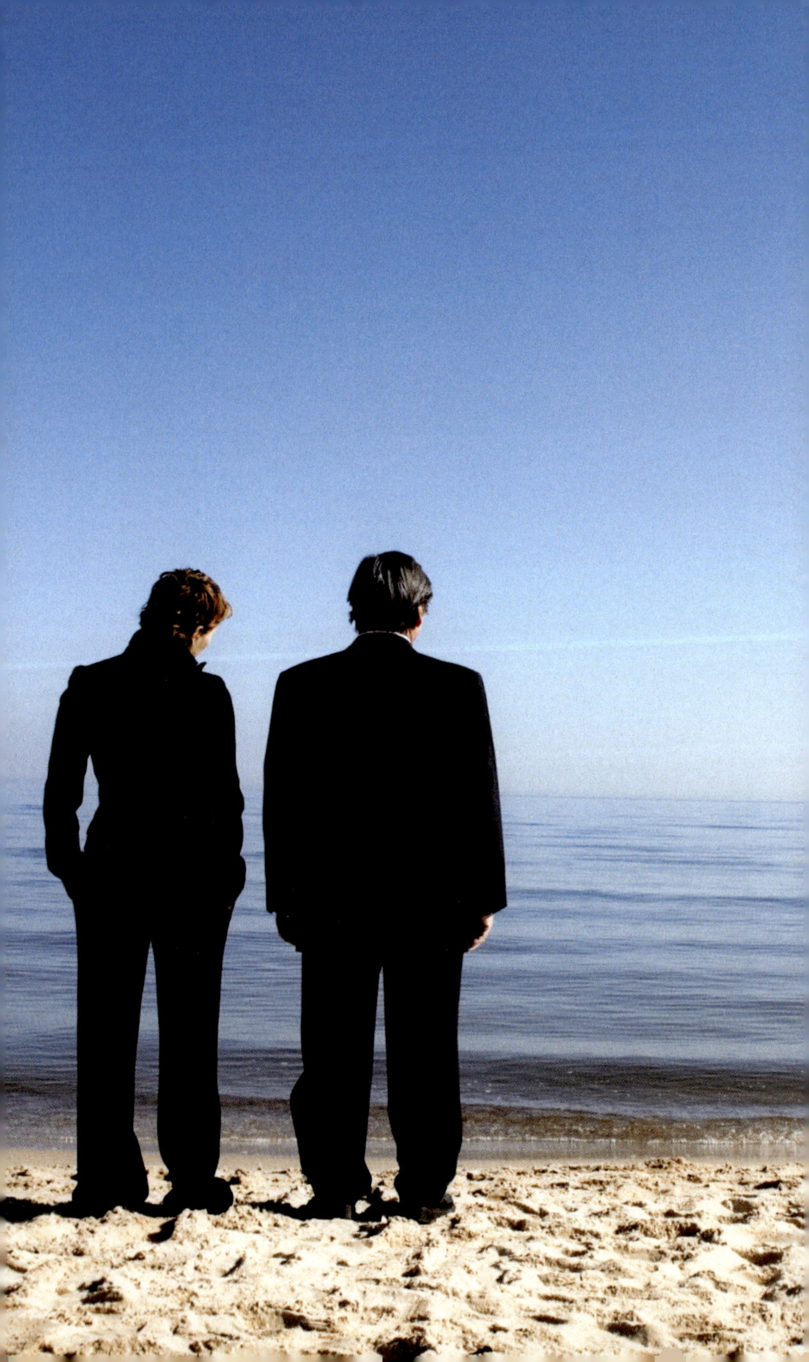

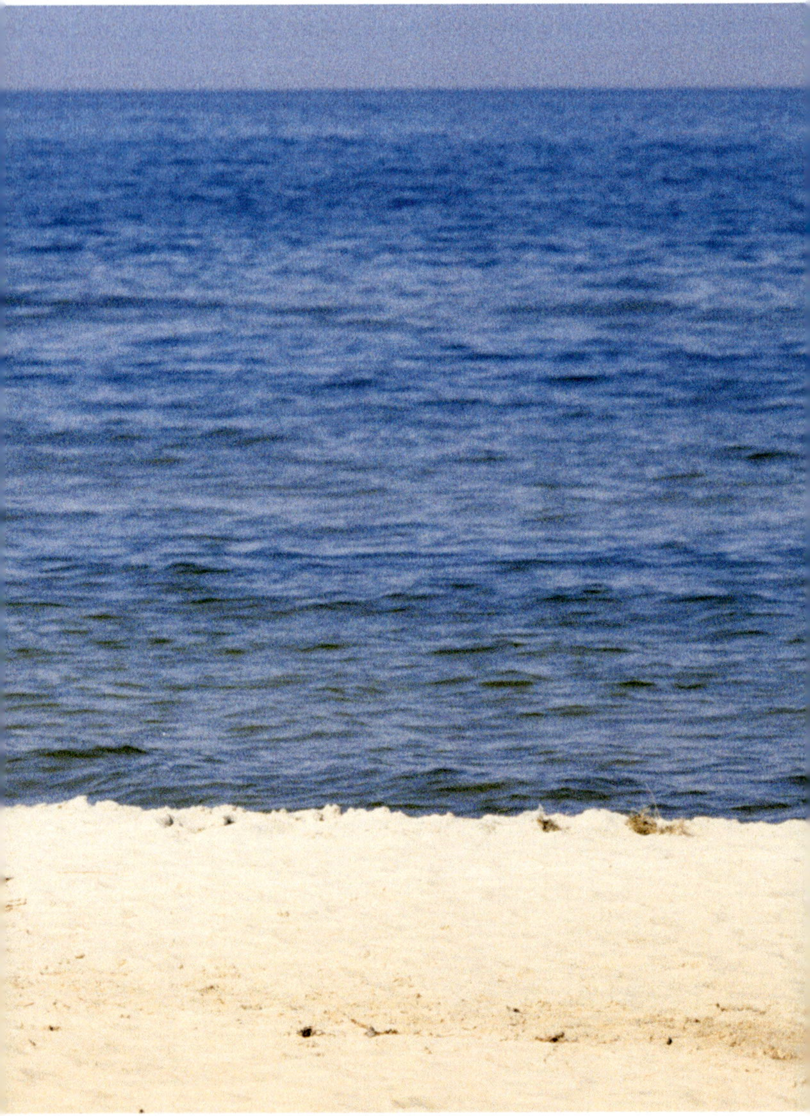

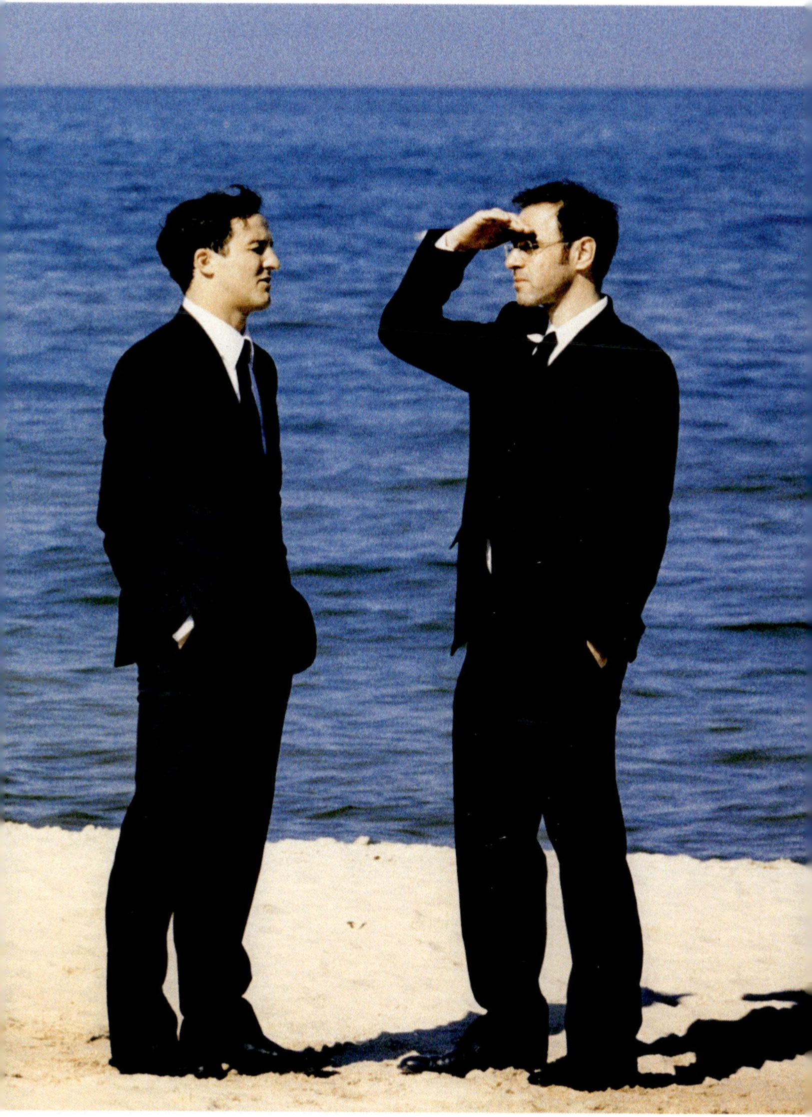

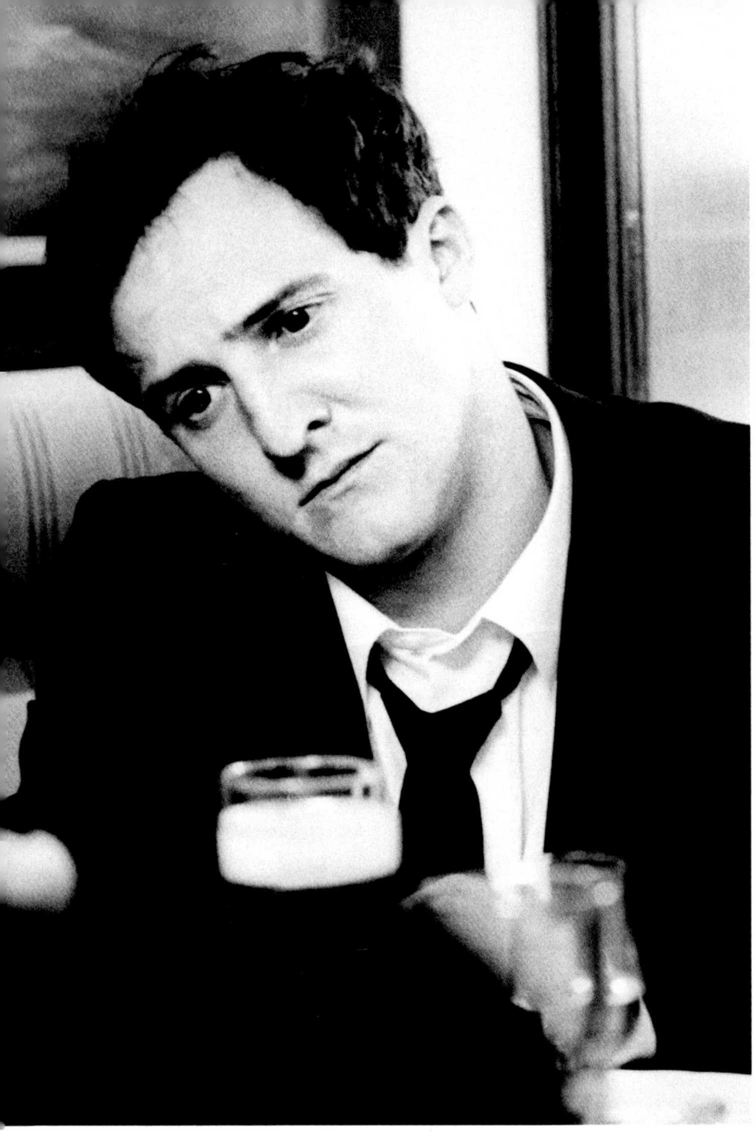

Auch Karl aus Tokio.

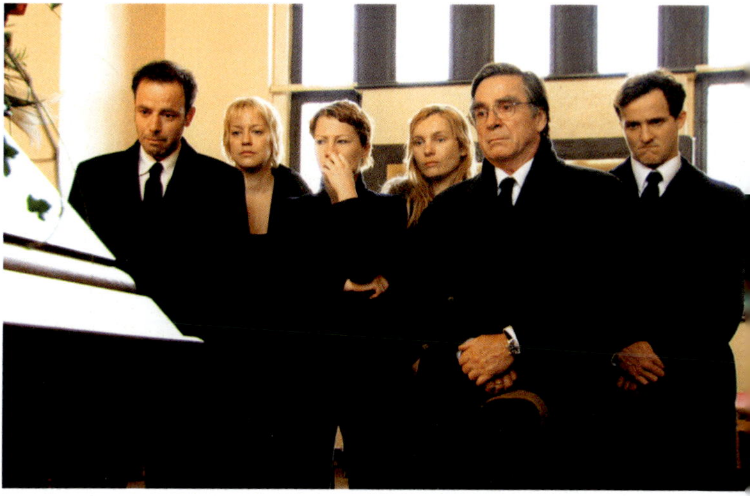

Keins der Kinder hat damit gerechnet, dass die Mutter zuerst sterben und sie mit ihrem Vater allein lassen würde. Sie finden das einfach nicht fair. Wer soll sich jetzt um ihn kümmern?

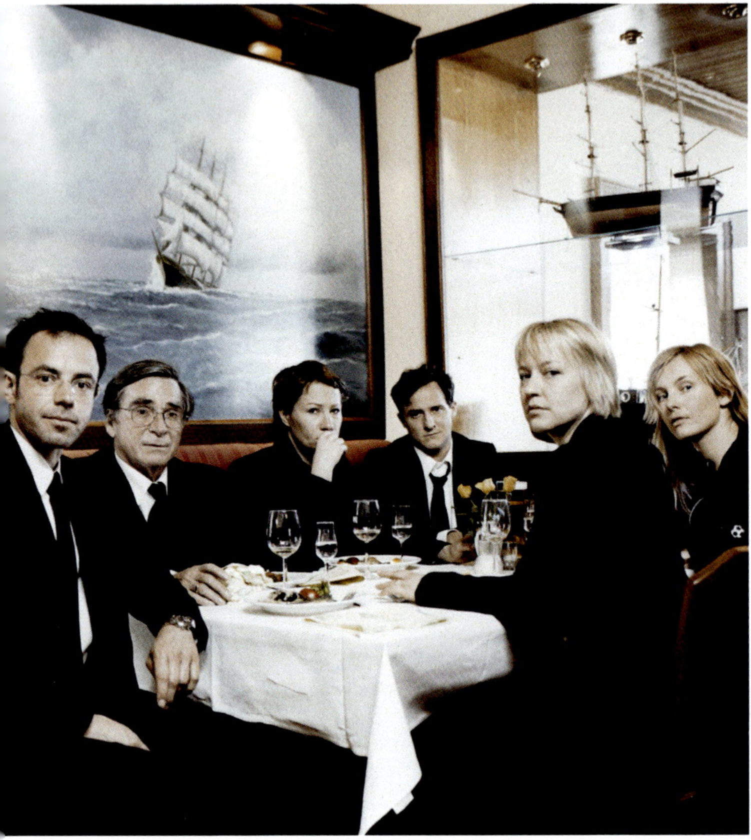

Das ist nicht fair.

Allein kehrt Rudi zurück ins Allgäu.

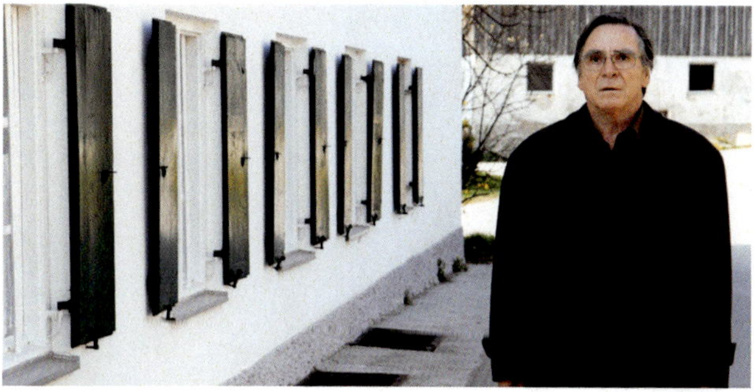

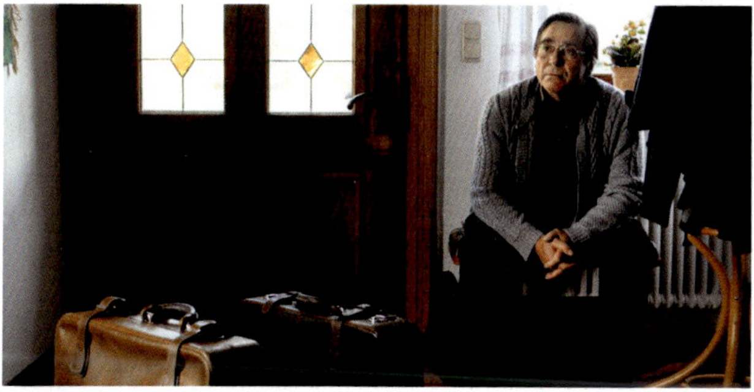

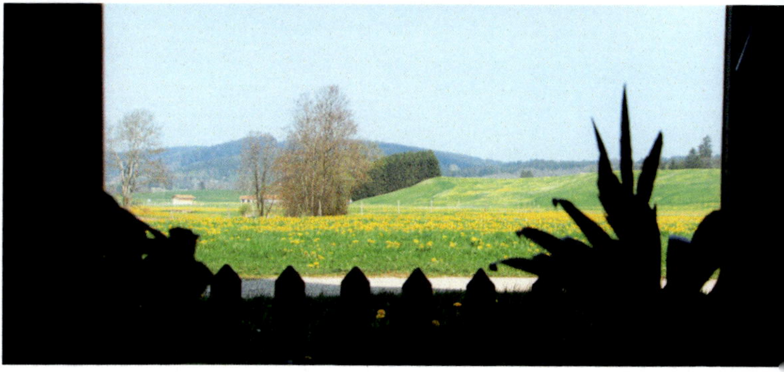

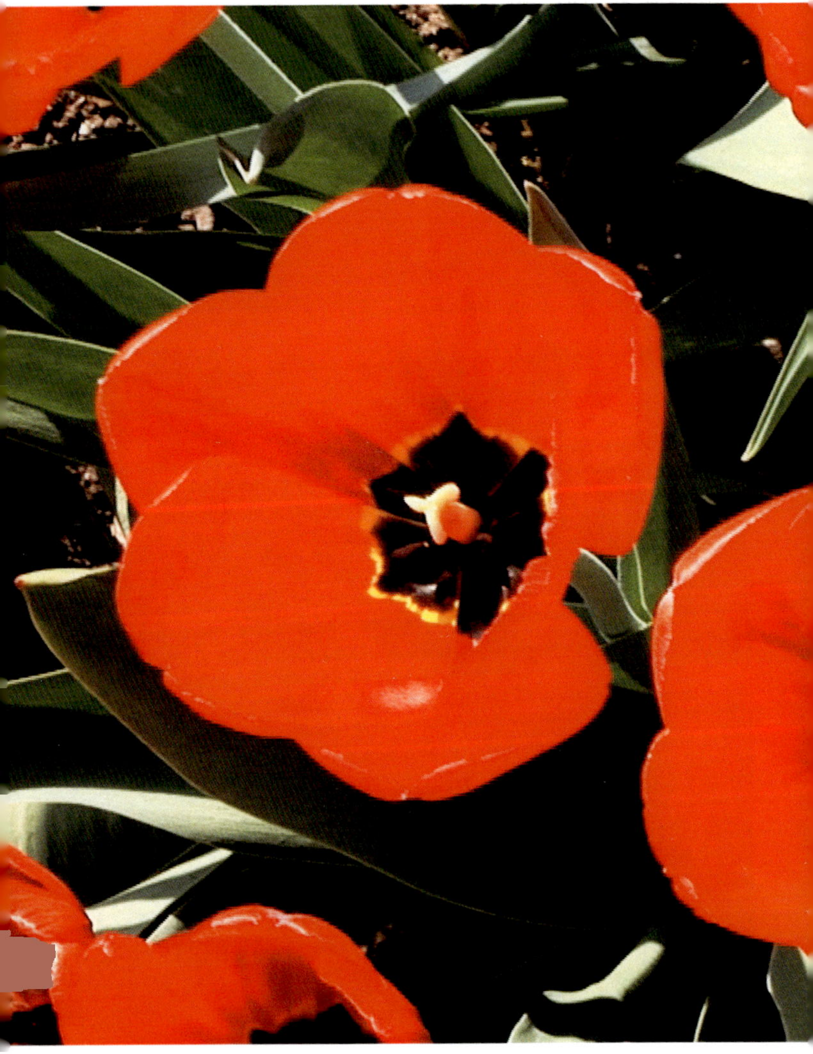

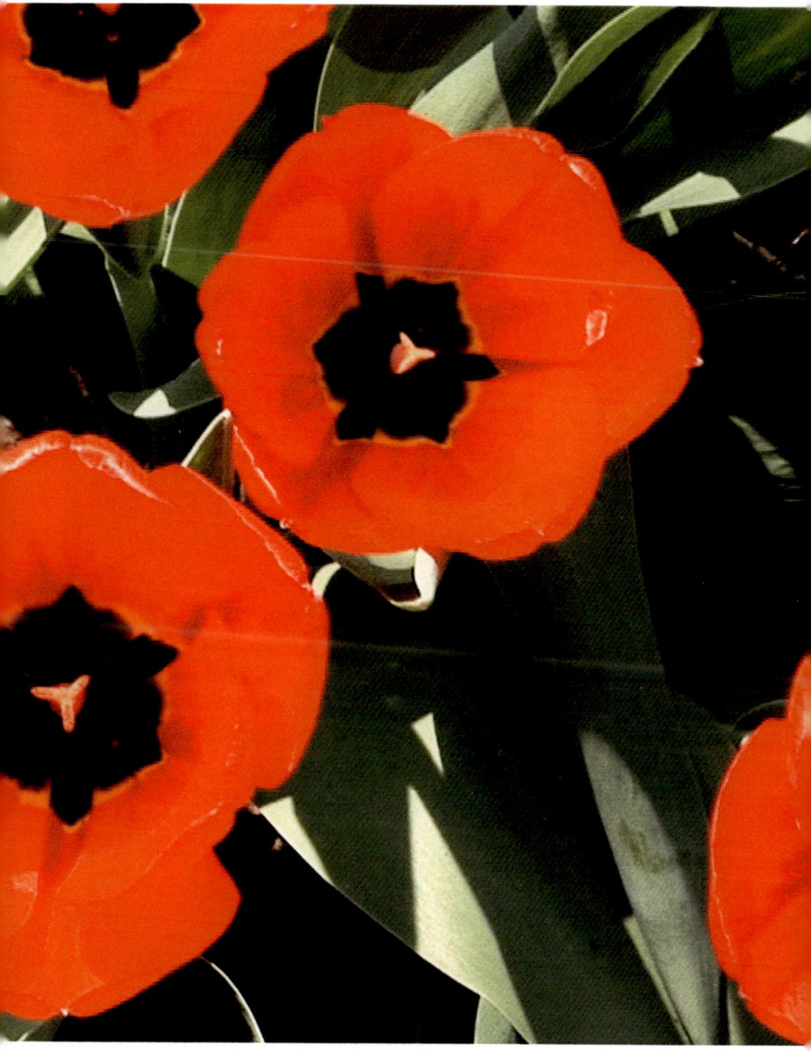

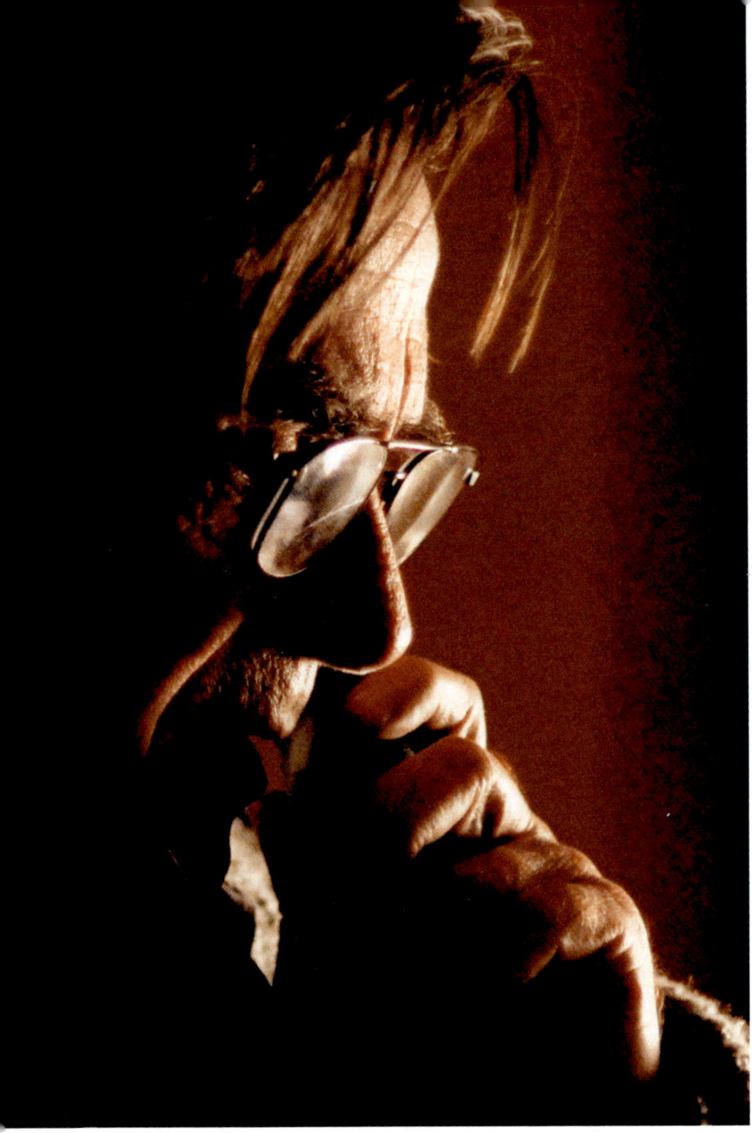

Seine Kinder haben keine Zeit, sich um ihn zu kümmern.

Nur Franzi besucht ihn.

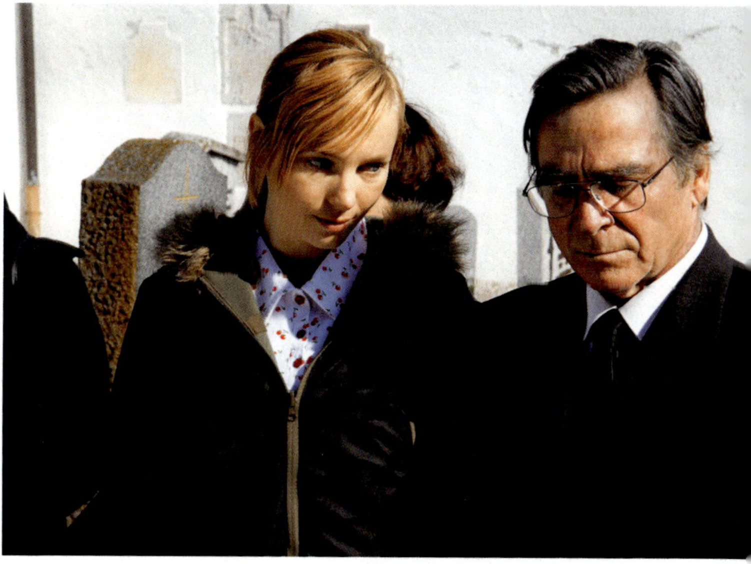

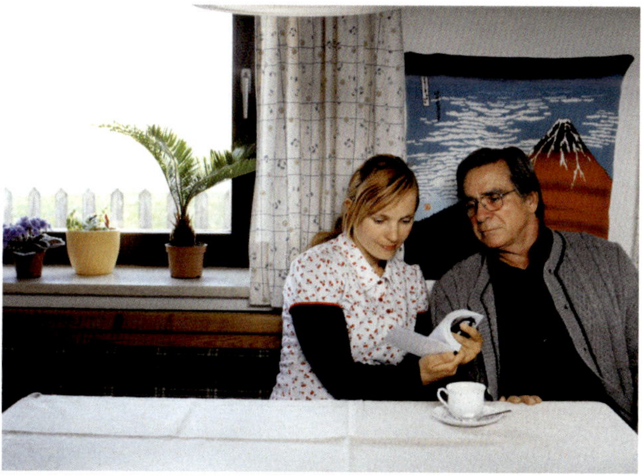

Ihr zeigt Rudi Fotos von einer Trudi, wie sie keiner kannte.

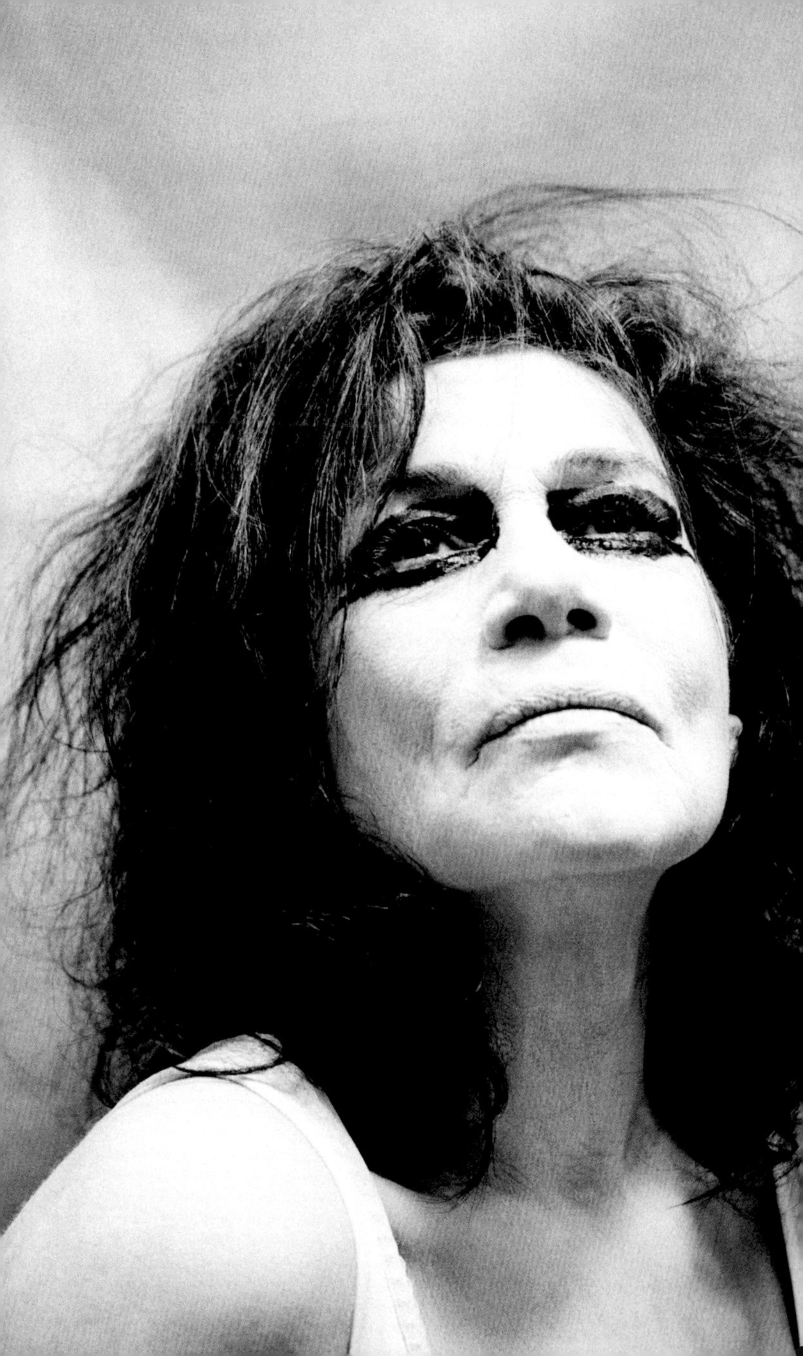

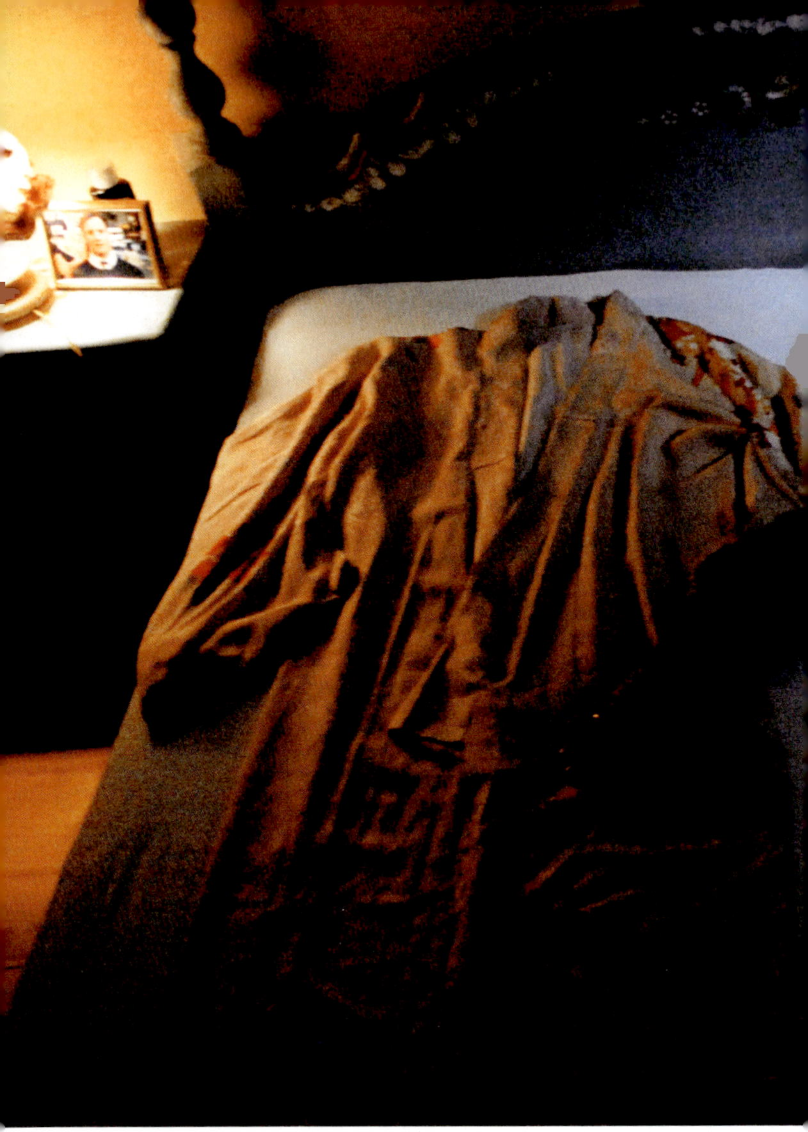

Trudi, wo bist du denn nur…

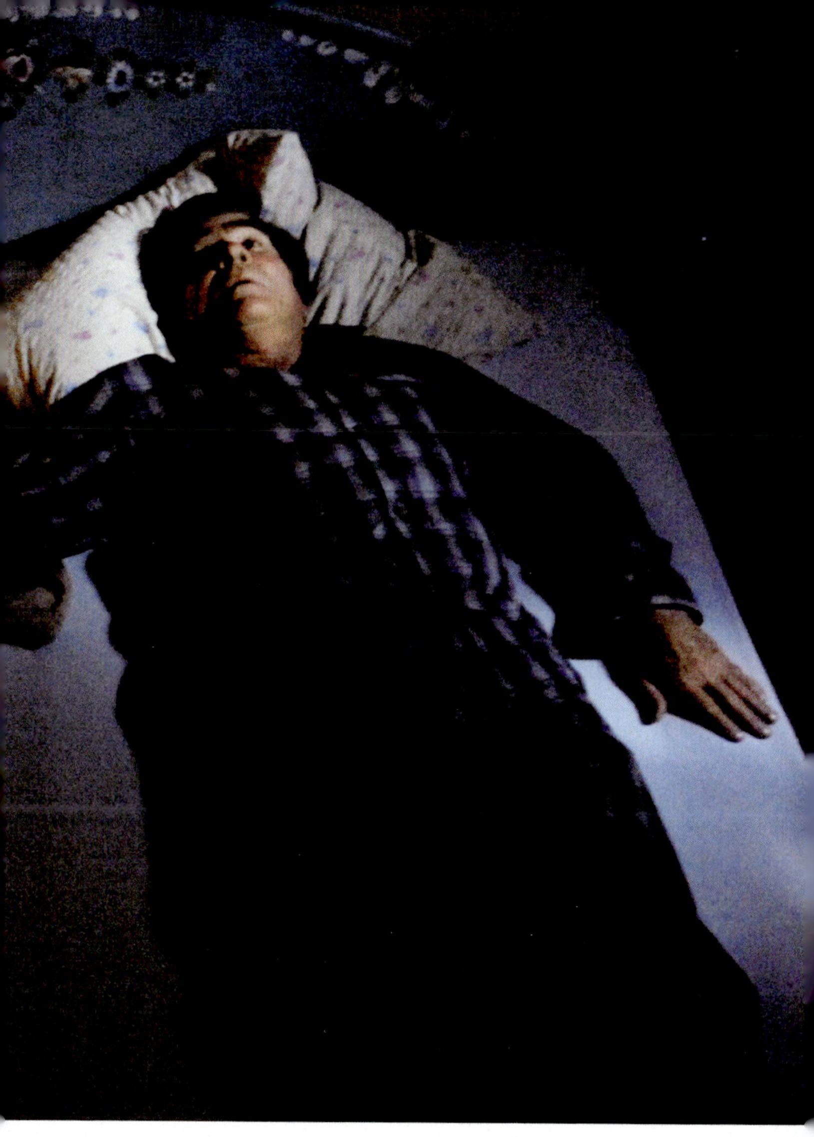

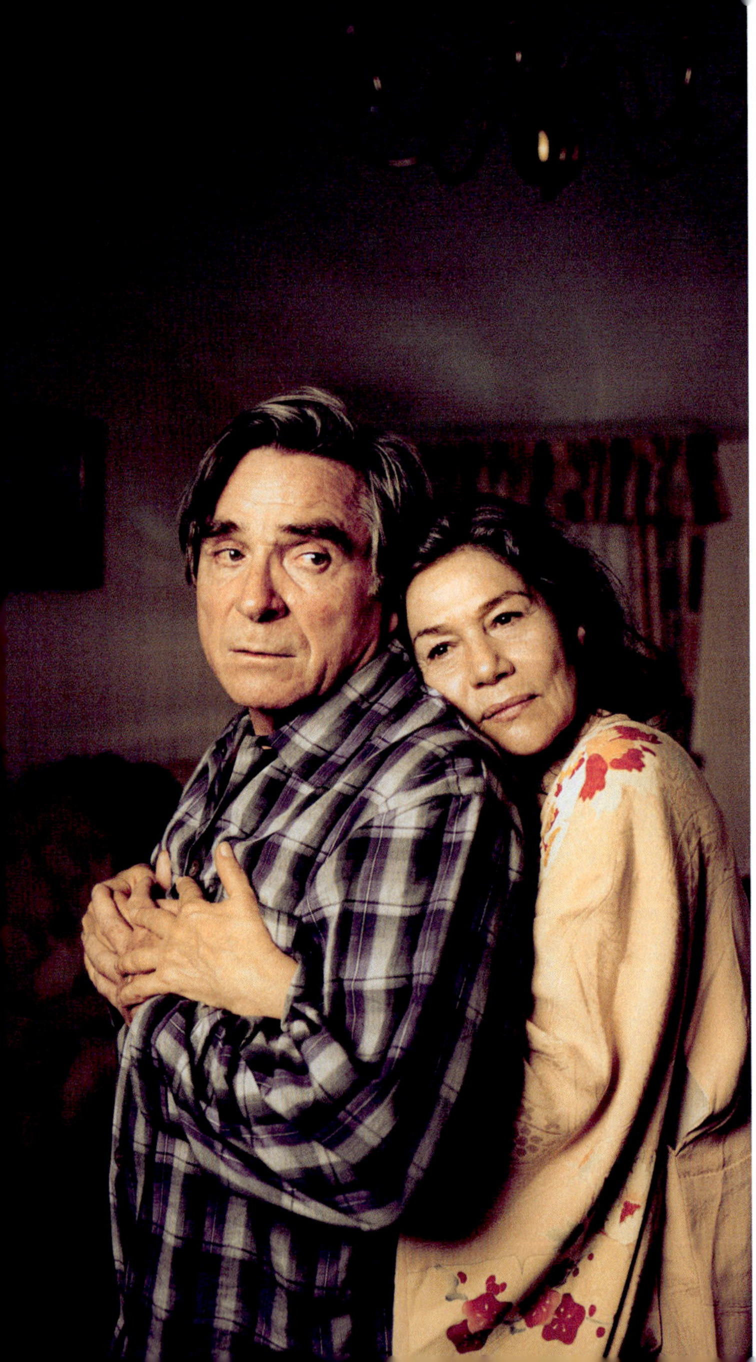

… wo bist du jetzt nur?

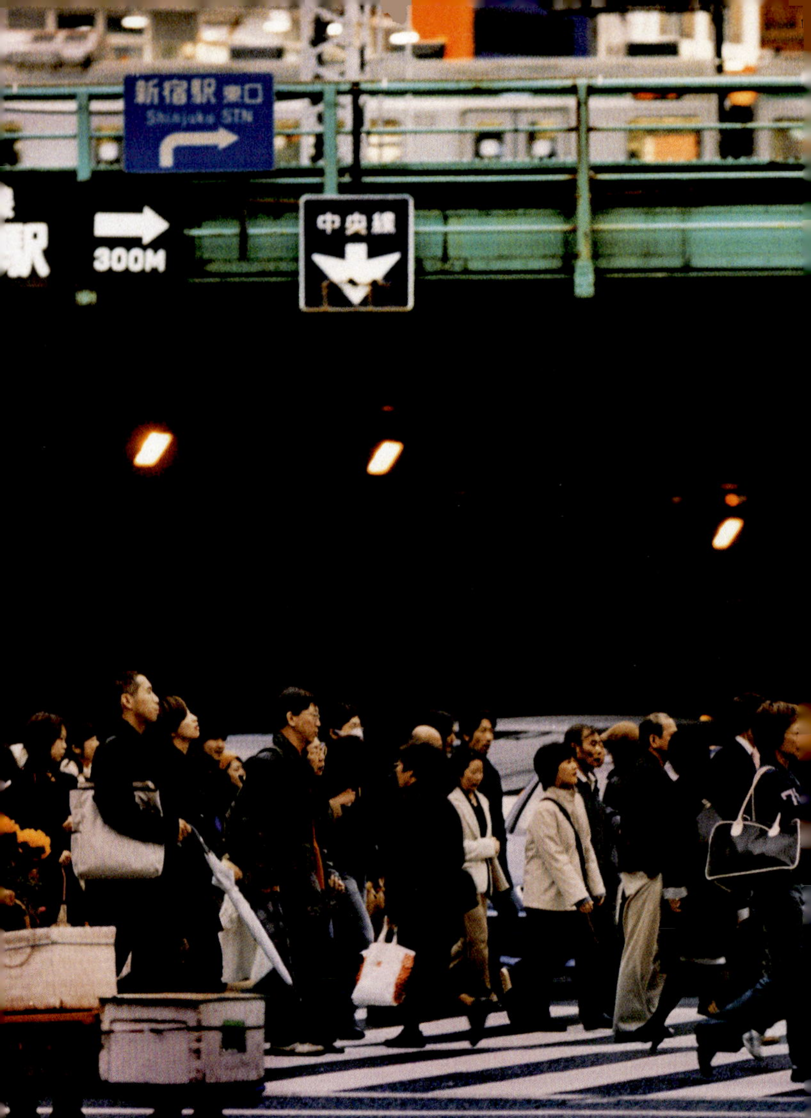

Wenn Trudi Japan nie gesehen hat, die Kirschblüte nicht

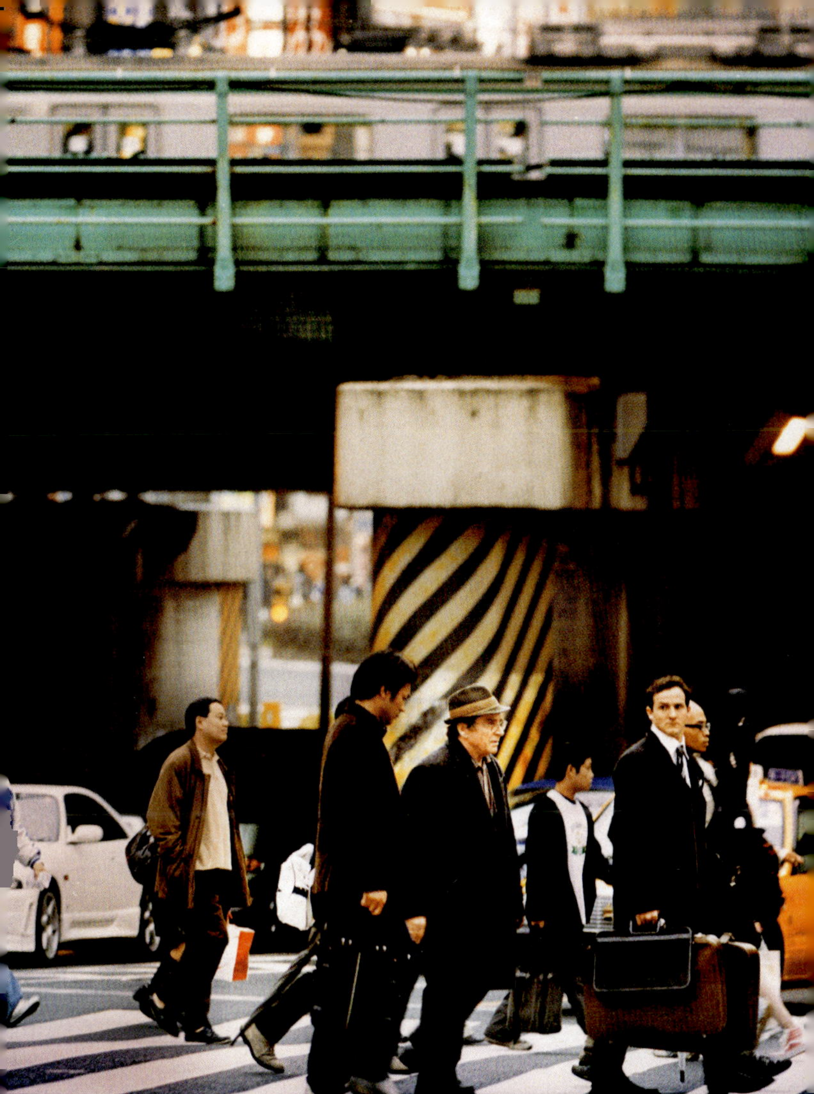

und auch den Fuji nicht, wird Rudi es jetzt für sie sehen.

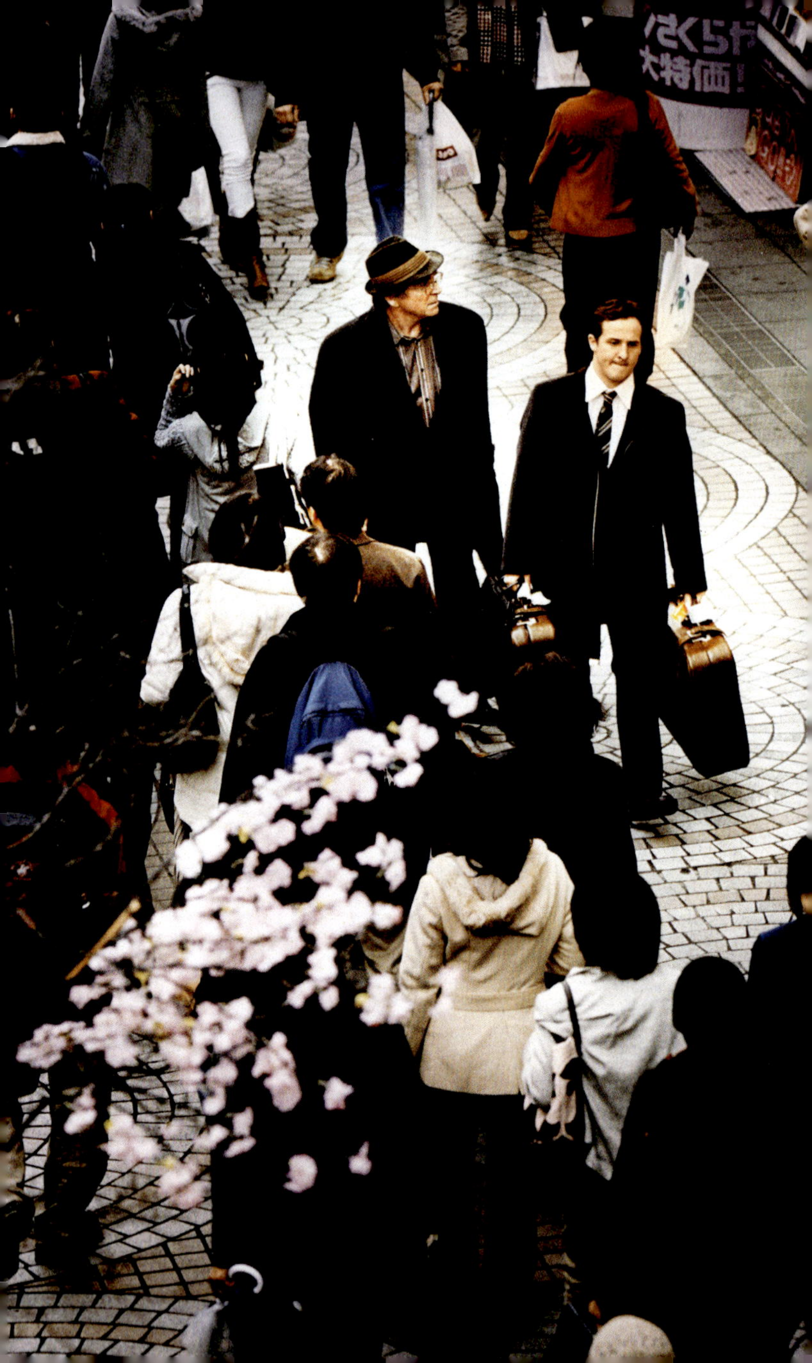
さくらや
大特価！

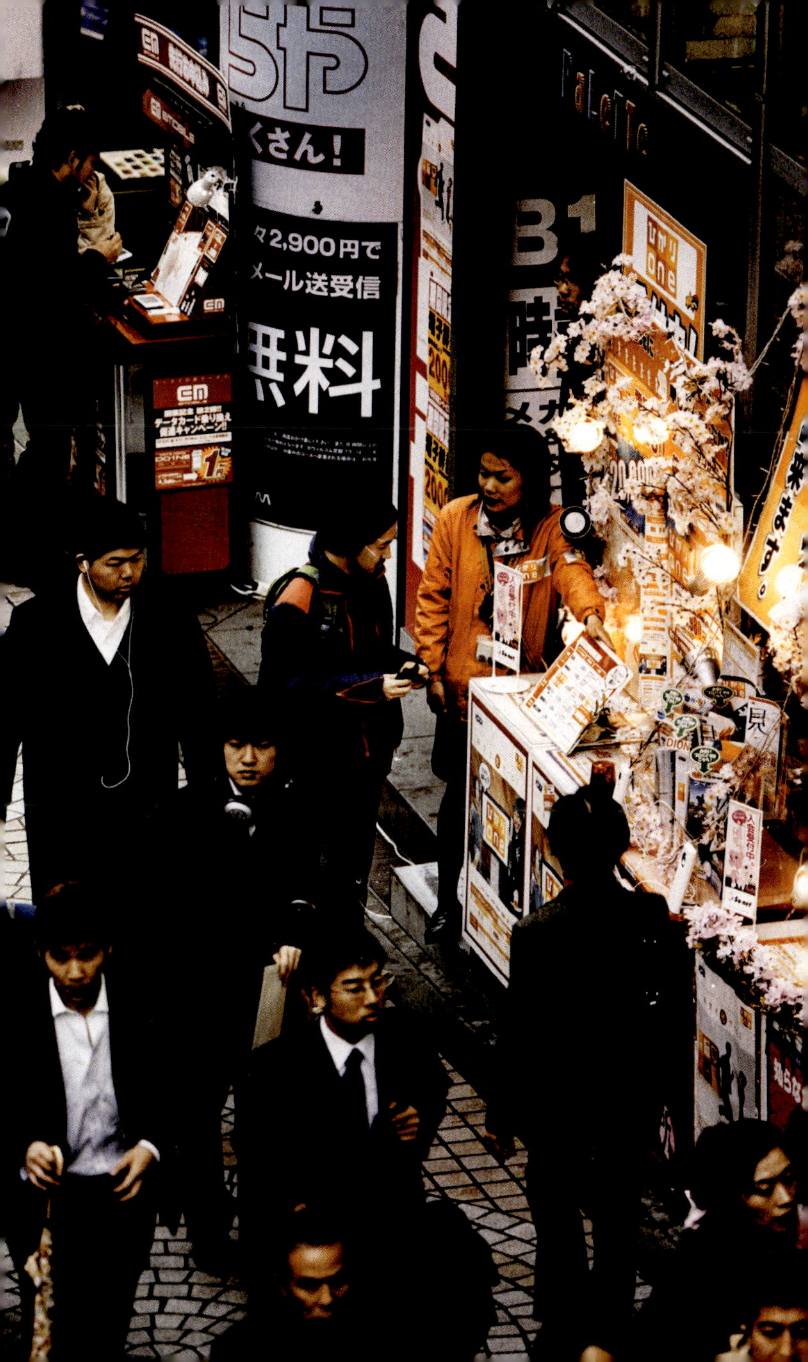
くさん!
々2,900円で
メール送受信
データカード乗り換え
促進キャンペーン!!
DION
入会受付中
So-net

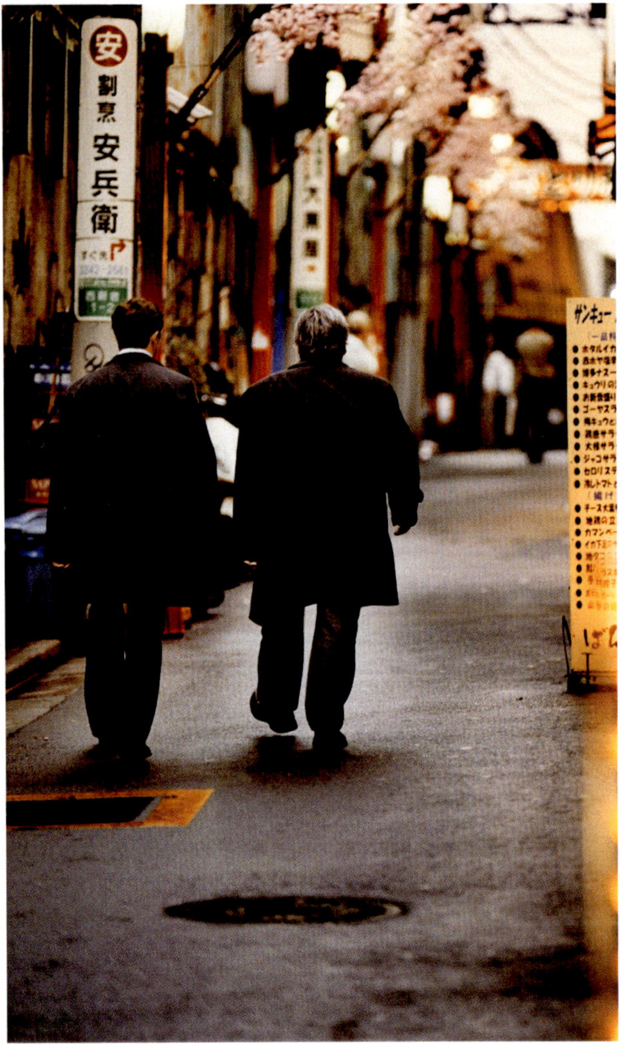

Karl ist über den Besuch des Vaters wenig begeistert.

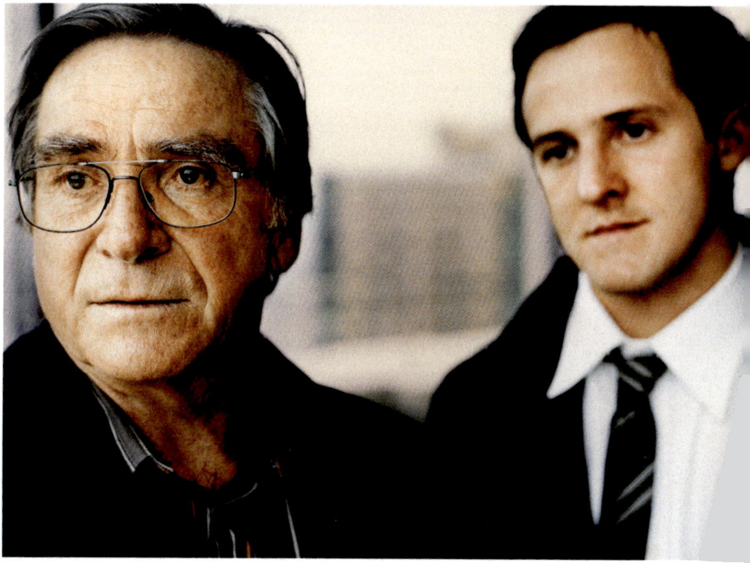

Was soll er mit ihm in Tokio denn machen?
Er hat keine Zeit.

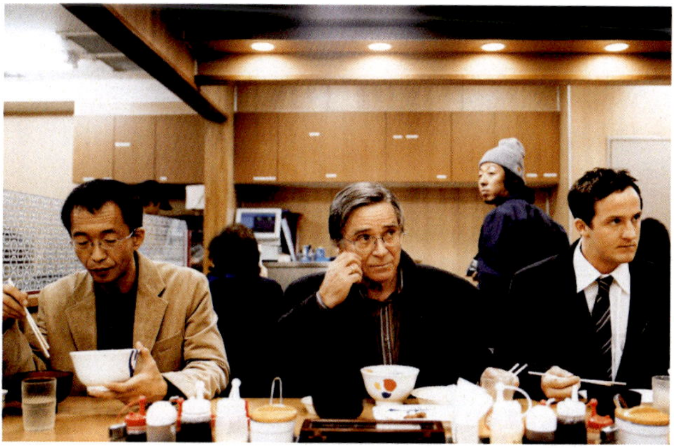

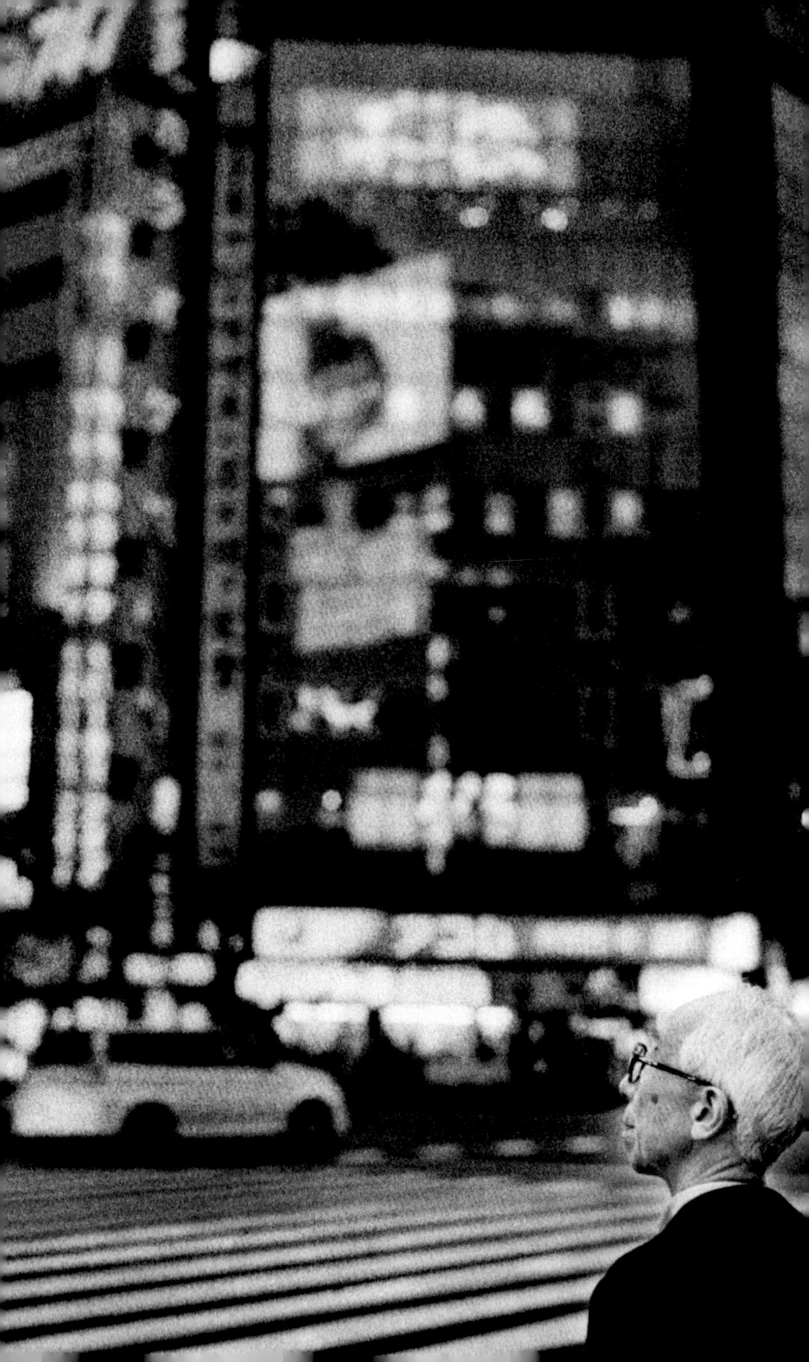

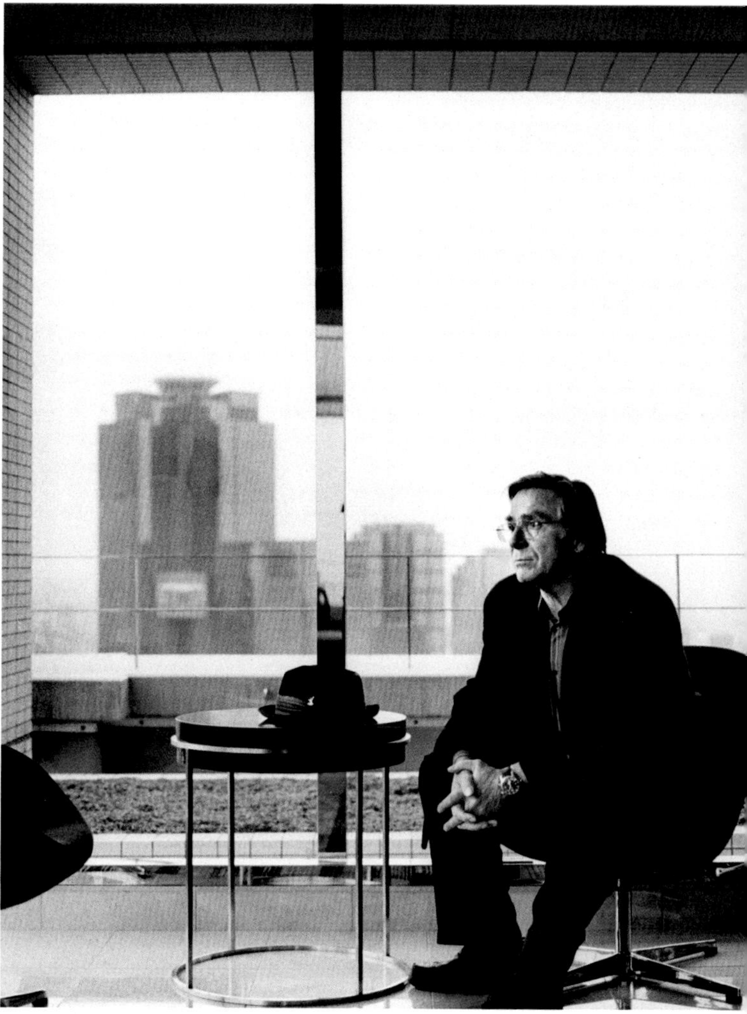

Karl muss arbeiten, er kann auf seinen Vater in der großen Stadt nicht aufpassen.

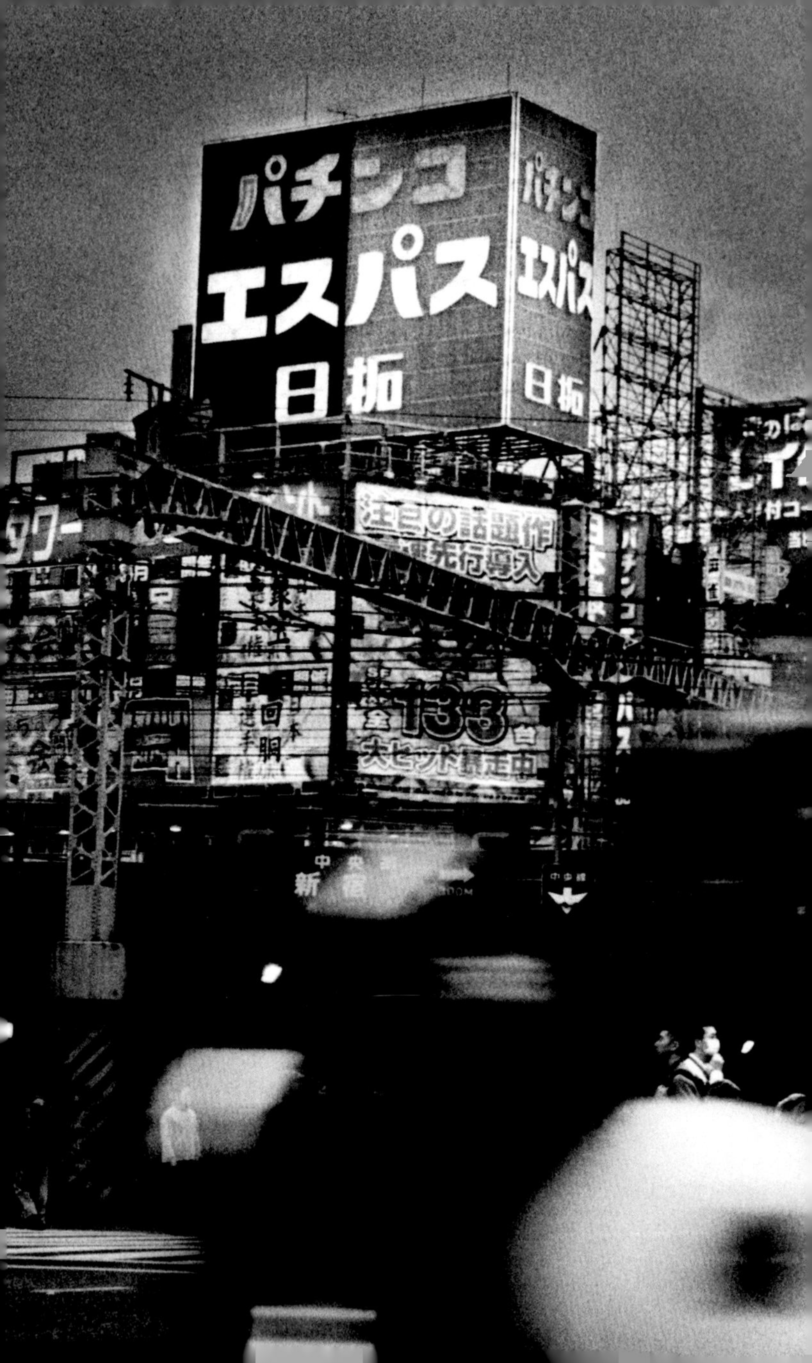
パチンコ
エスパス
日拓
注目の話題作
先行導入
133

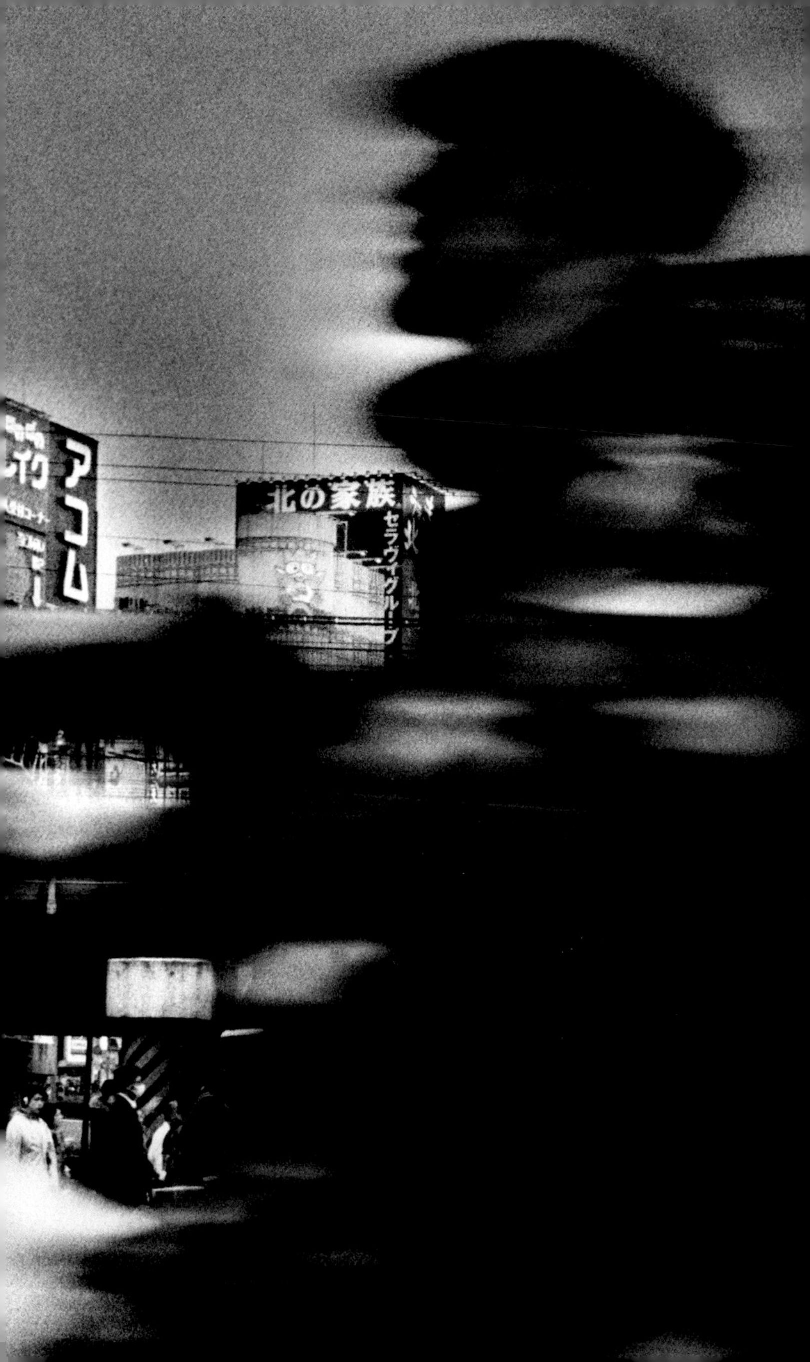
アコム
北の家族
セラヴィグループ

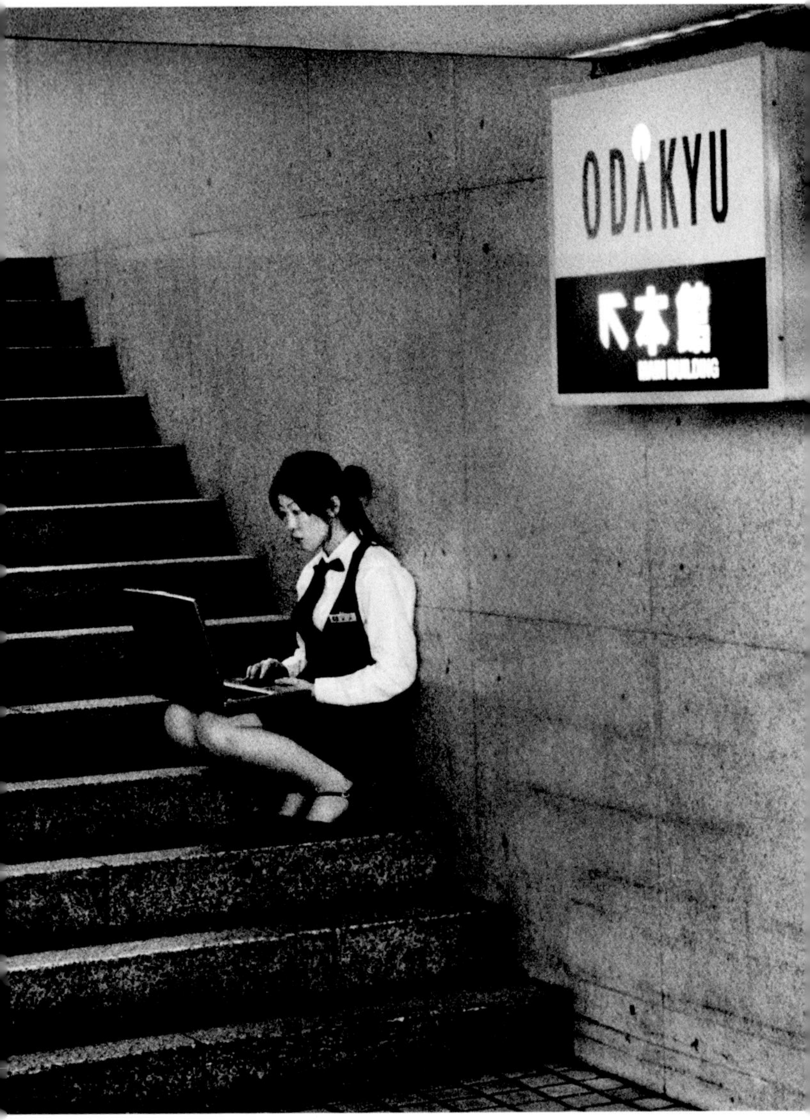
ODAKYU
本館

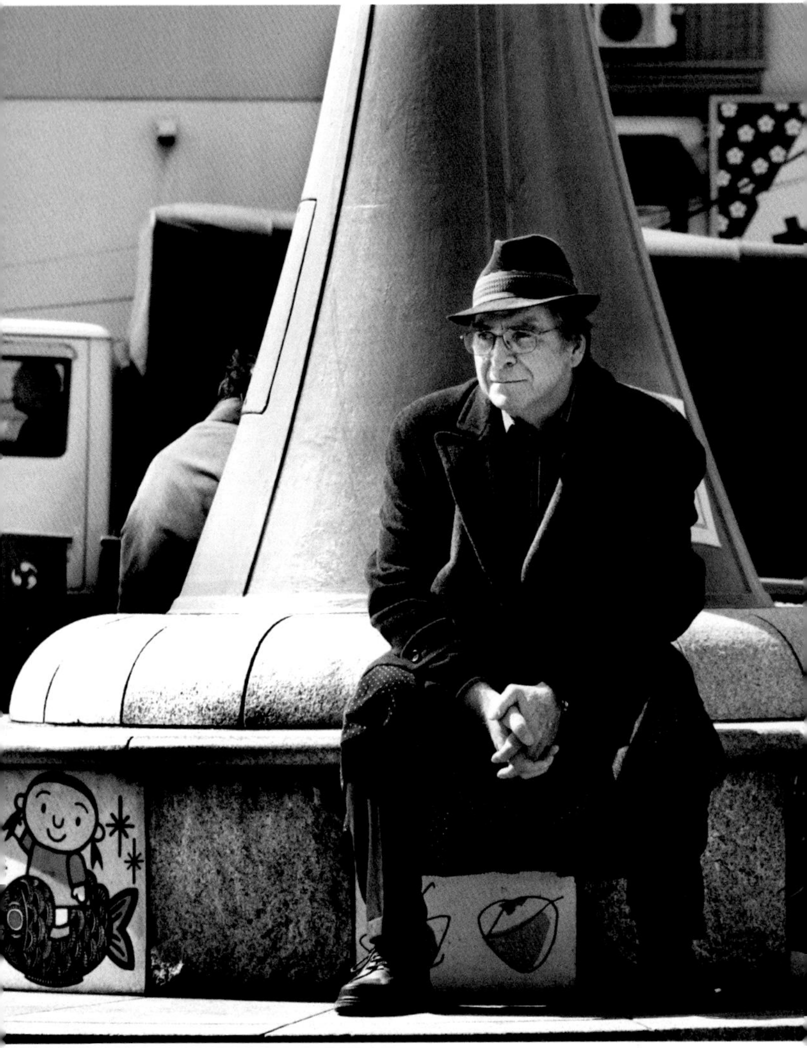

Beinahe geht Rudi in Tokio verloren.

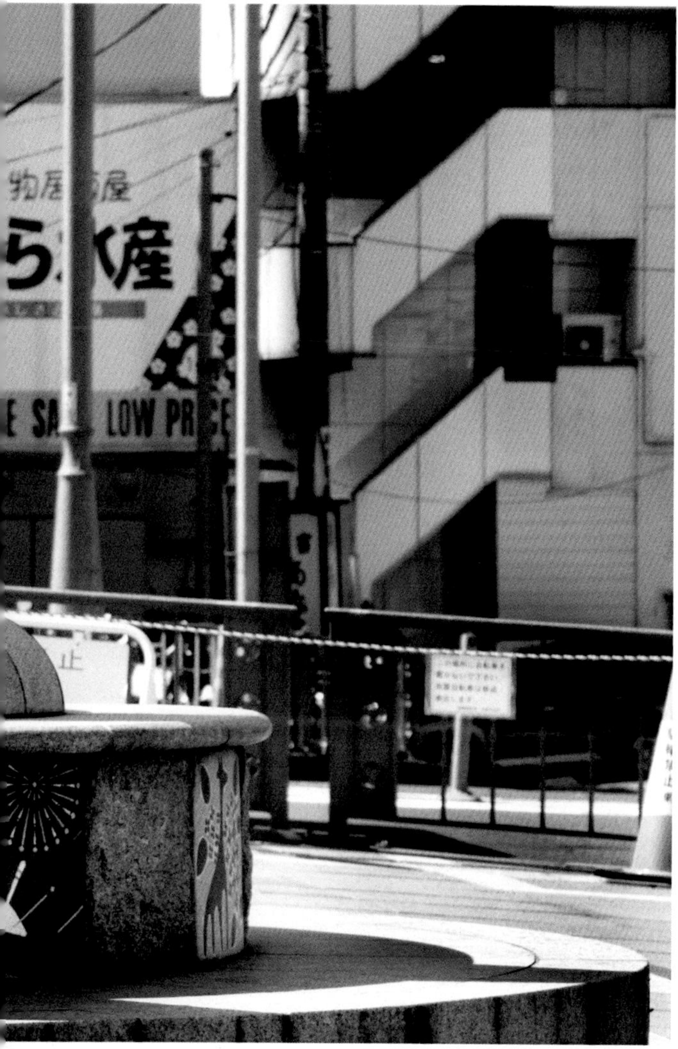

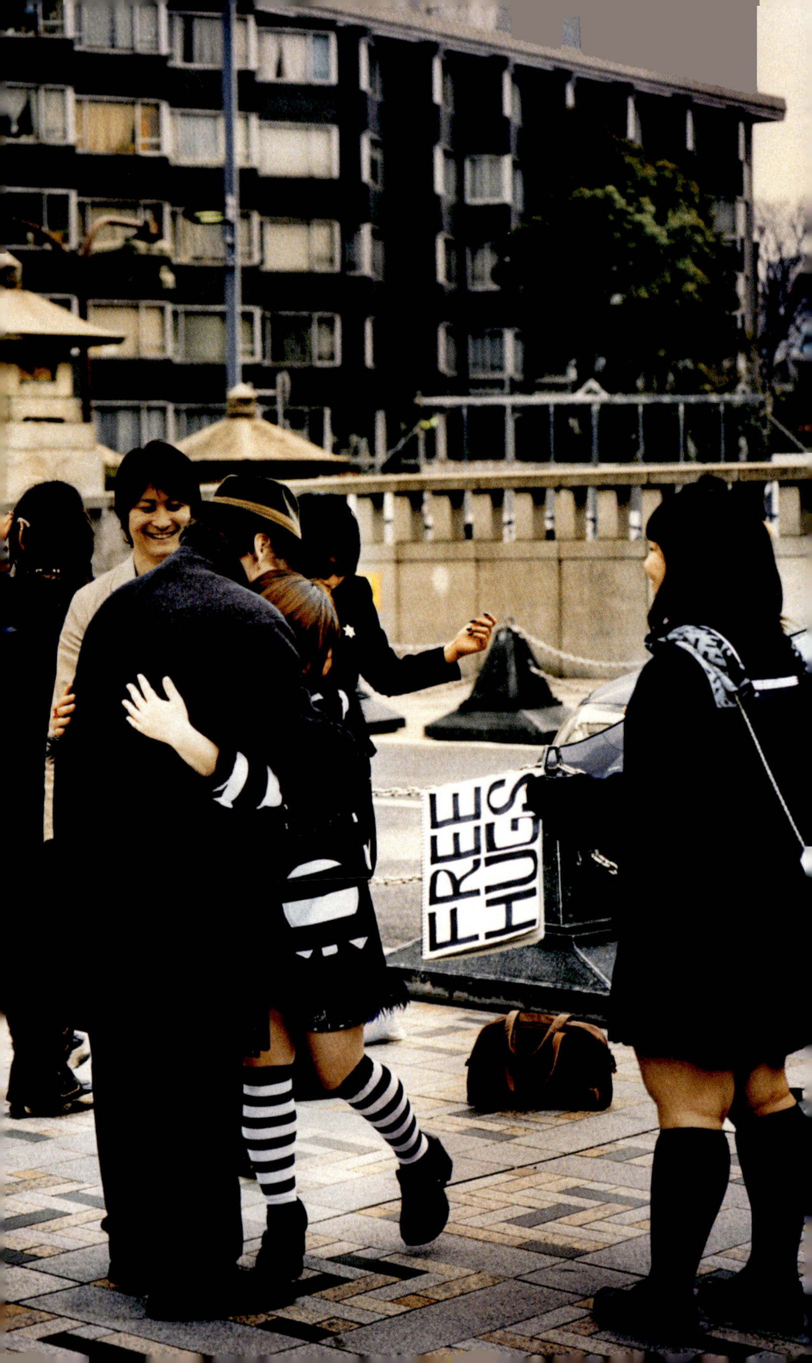
FREE HUGS

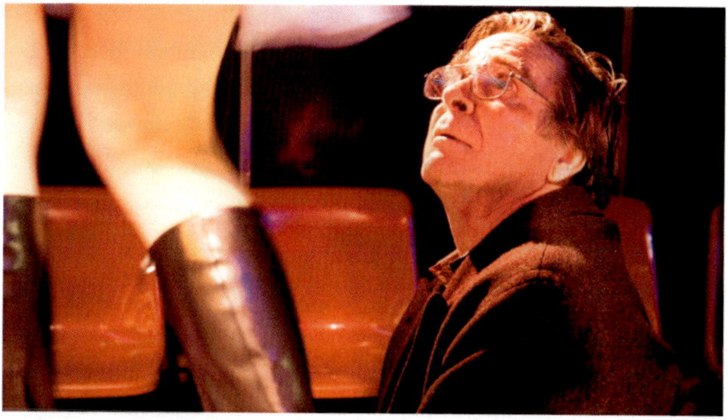

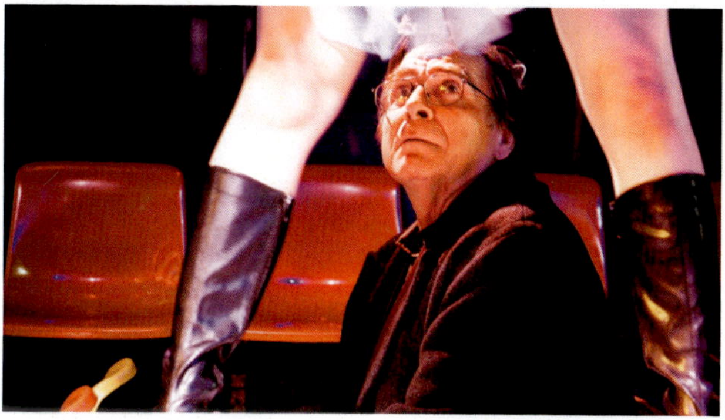

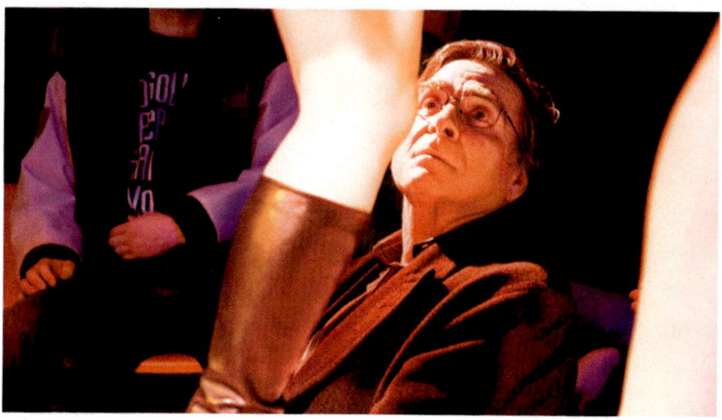

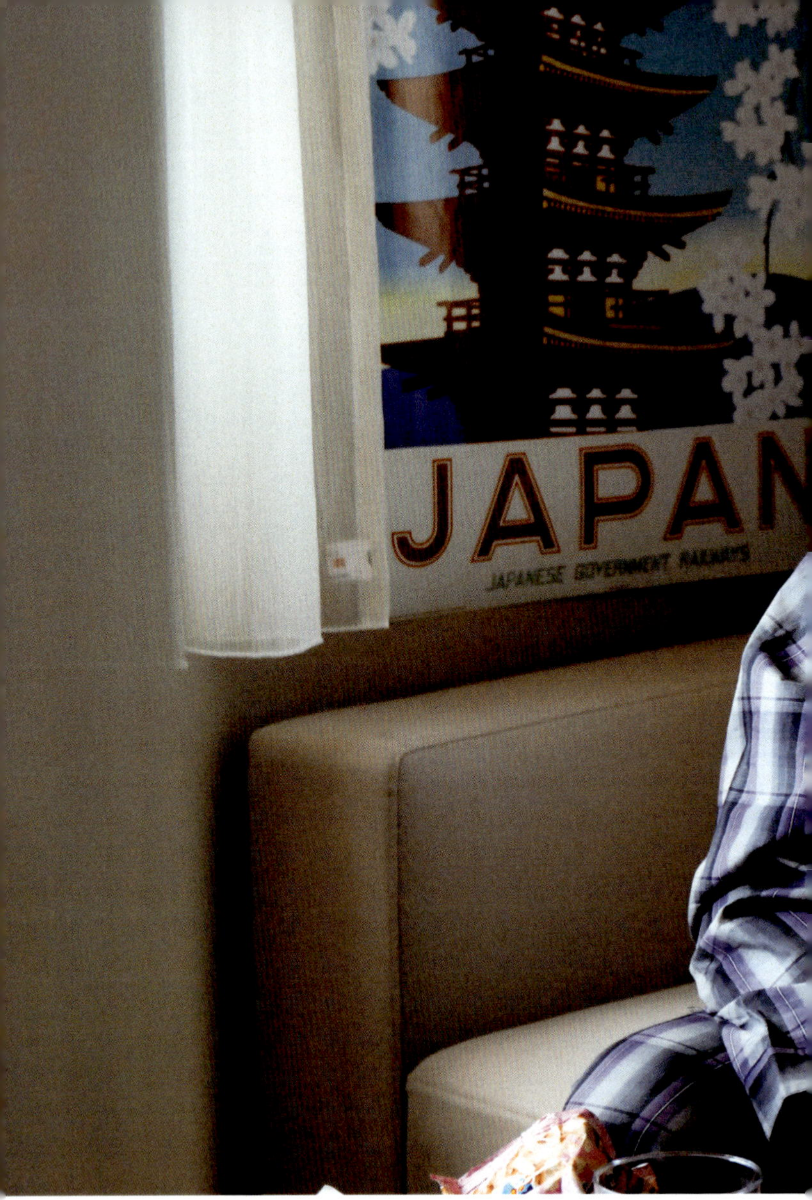
JAPAN
JAPANESE GOVERNMENT RAILWAYS

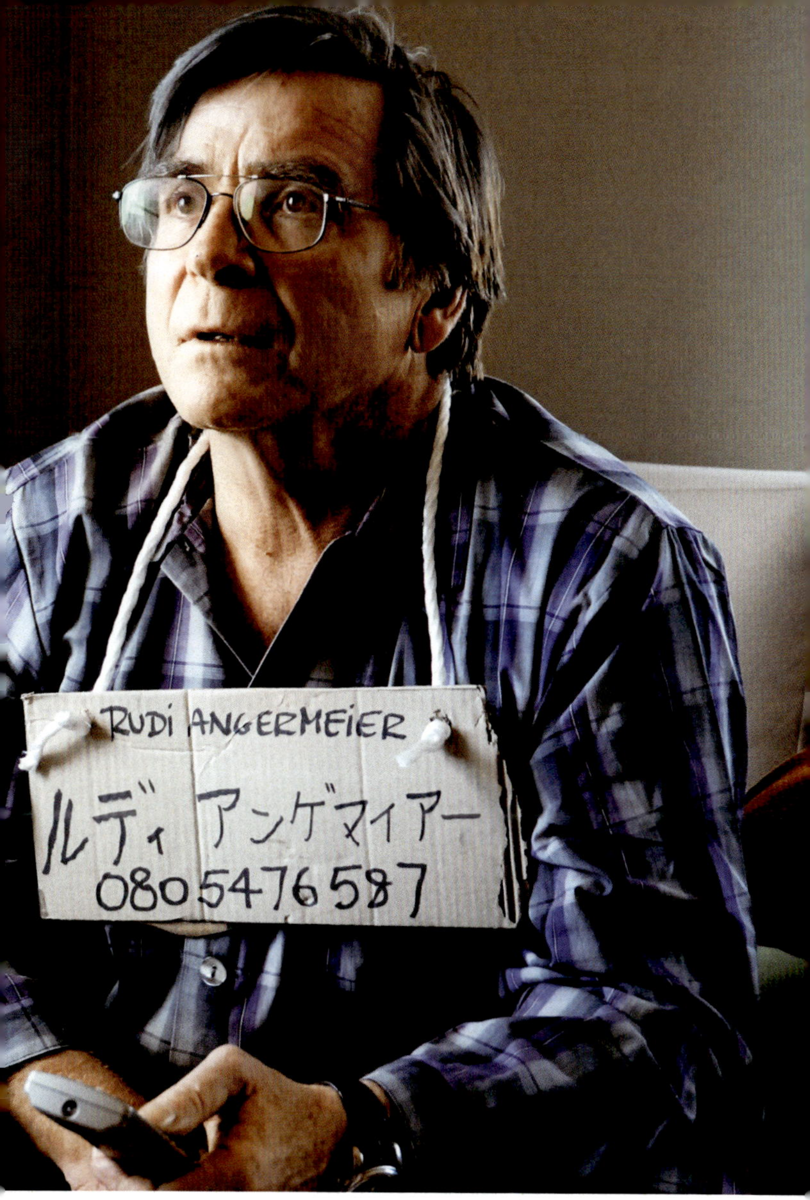
RUDI ANGERMEIER
ルディ アンゲマイアー
0805476587

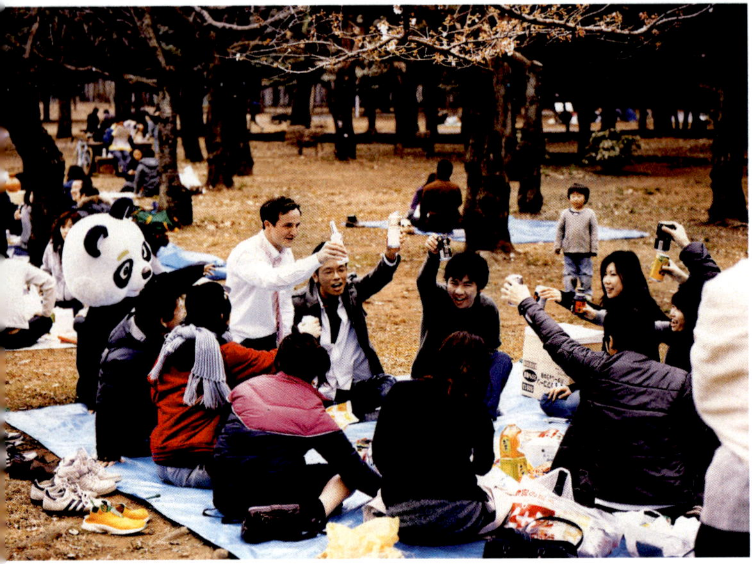

Karl nimmt den Vater mit zum Kirschblütenfest, Hanami.

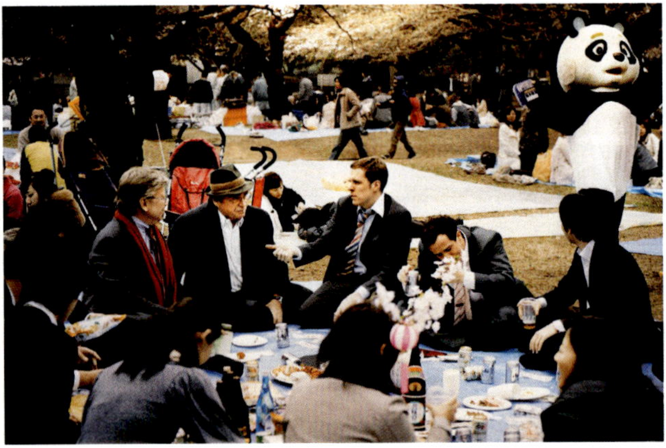

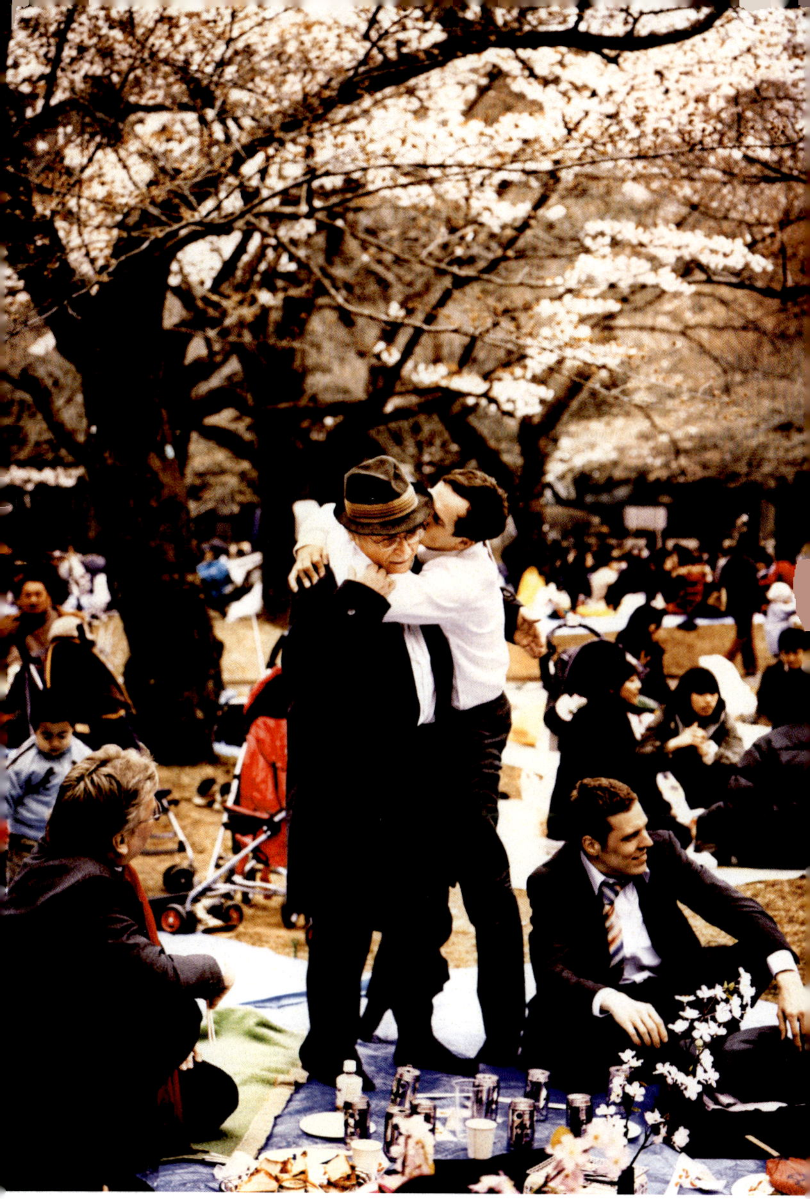

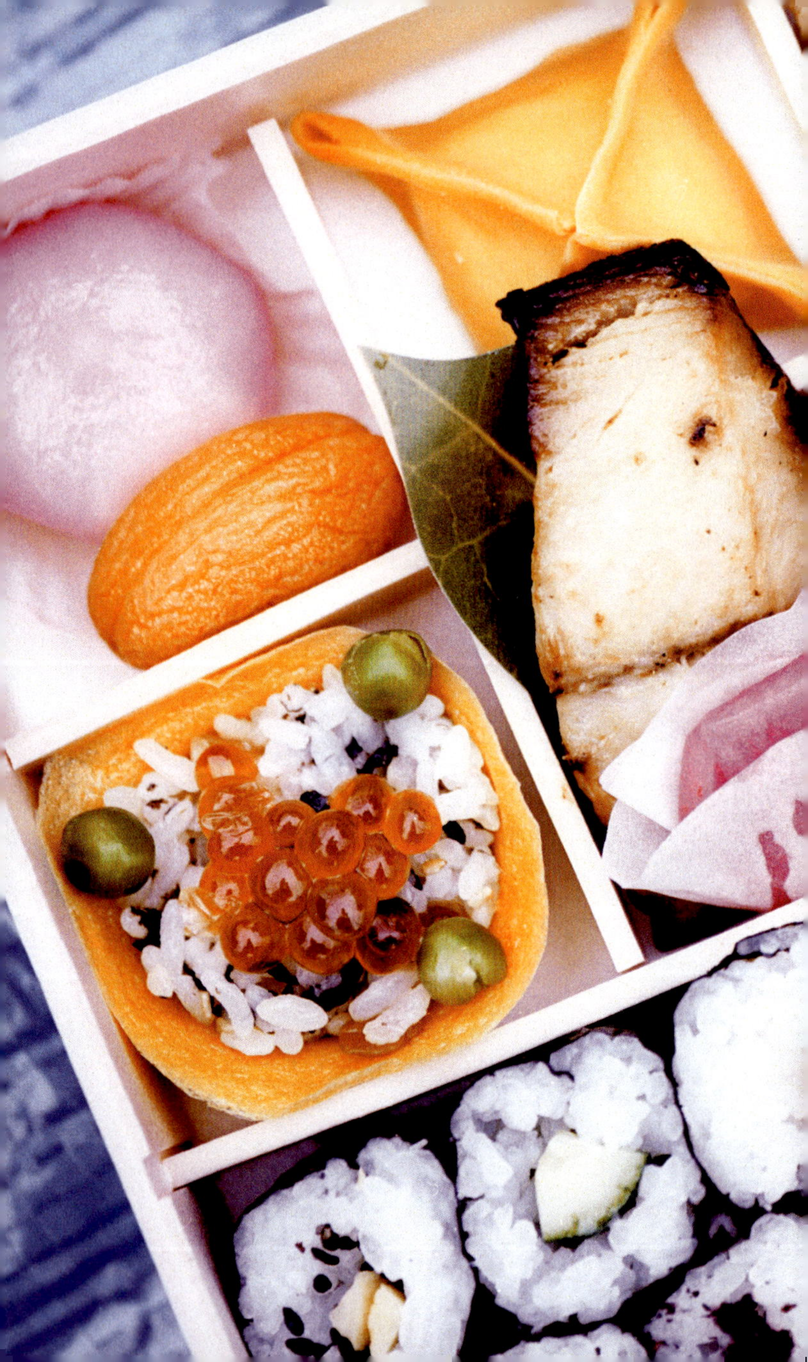

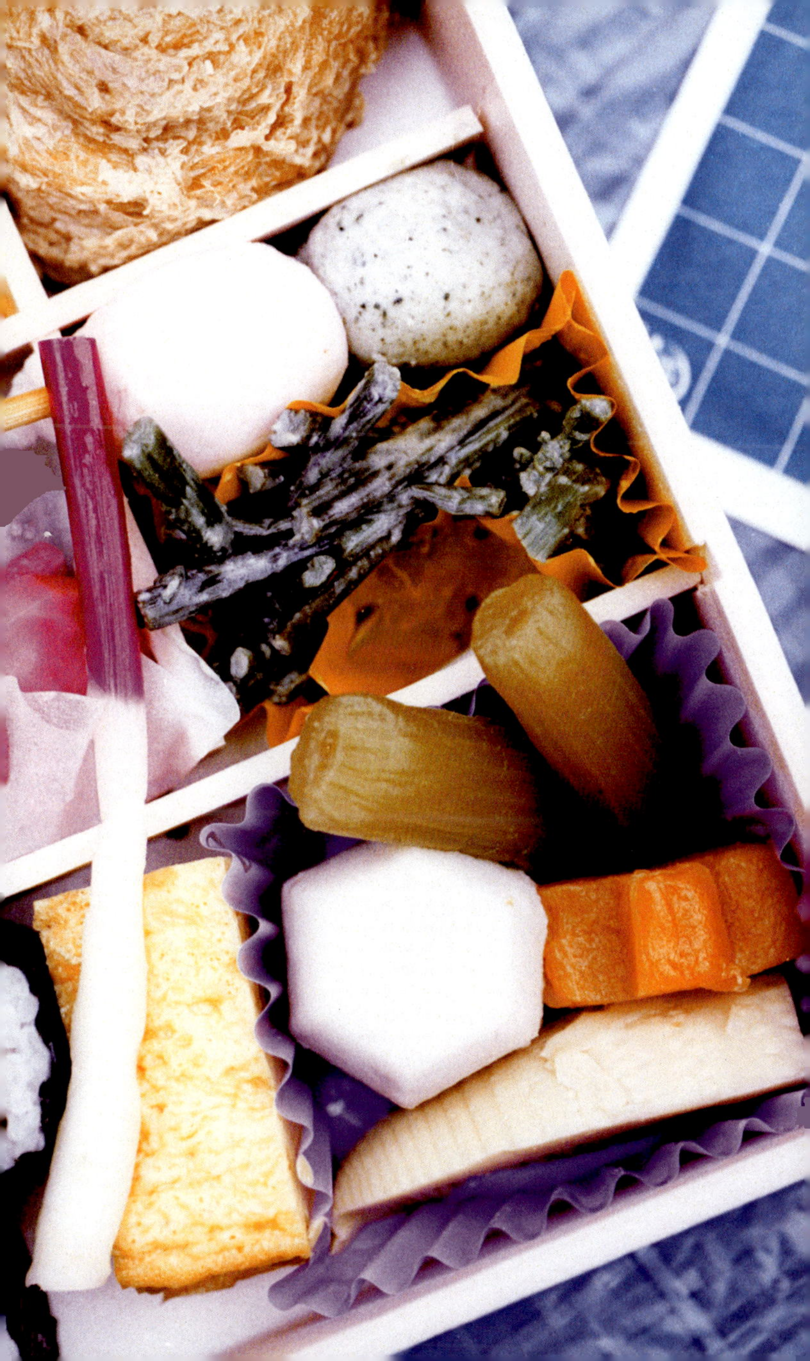

Eines Tages lernt Rudi die junge Butoh-Tänzerin Yu kennen.

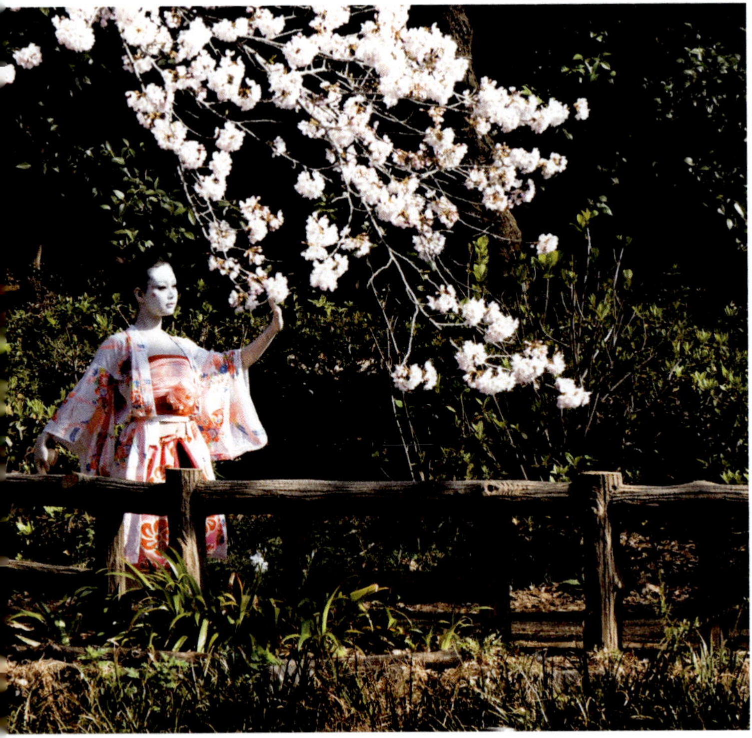

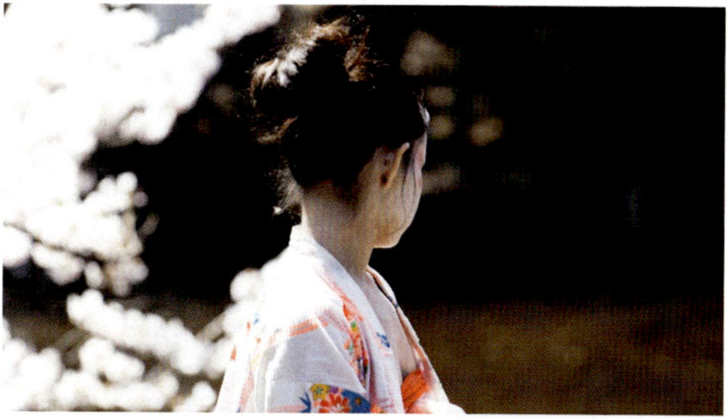

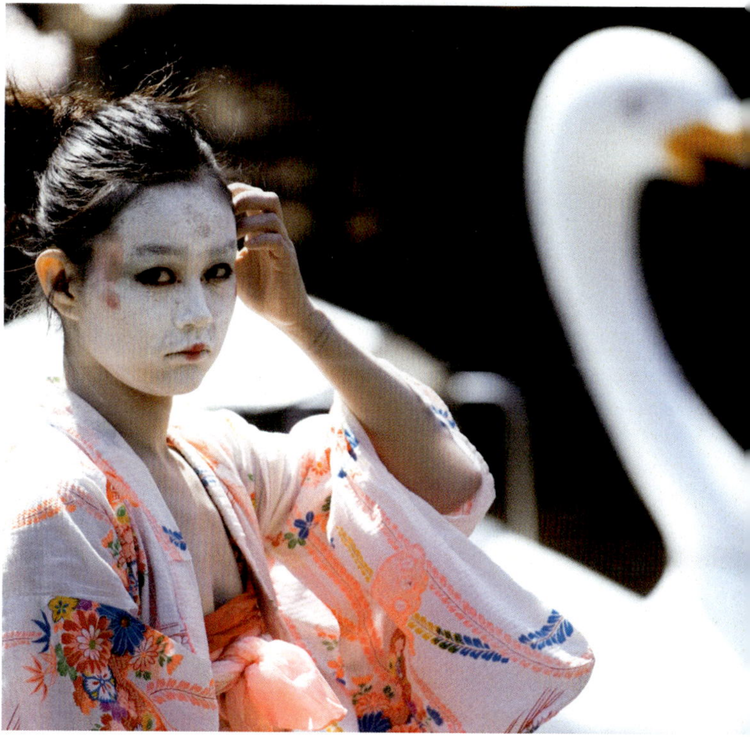

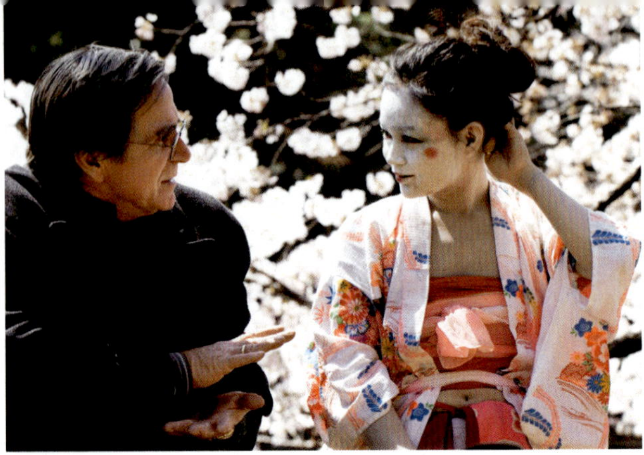

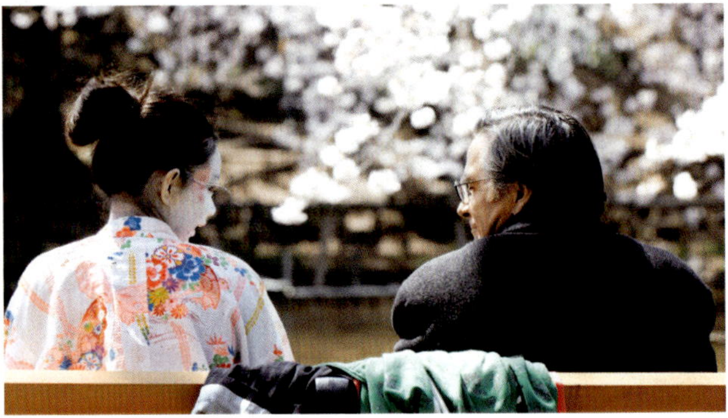

Sie bringt ihm die Grundbegriffe von Butoh bei und kümmert sich um ihn …

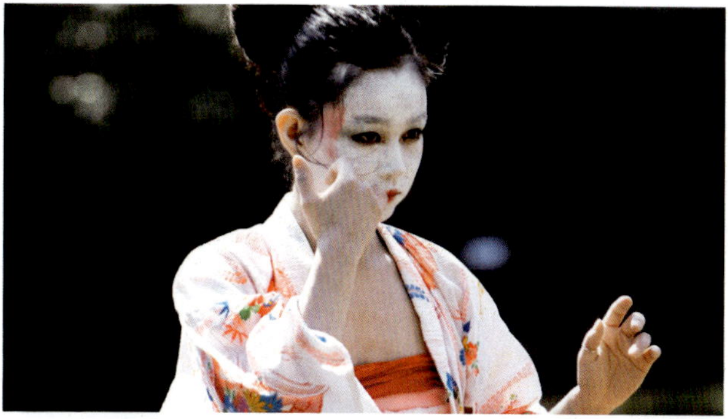

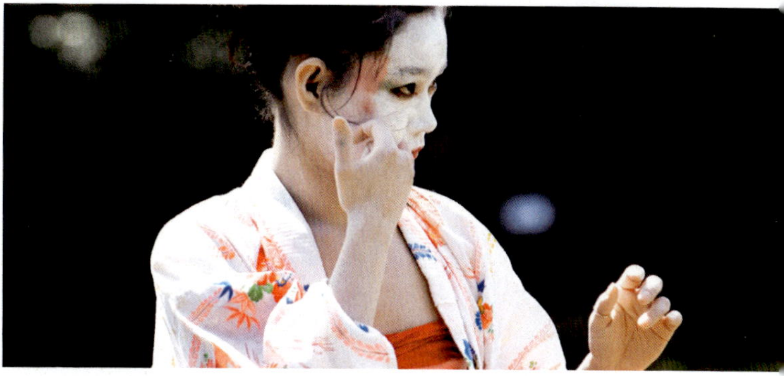

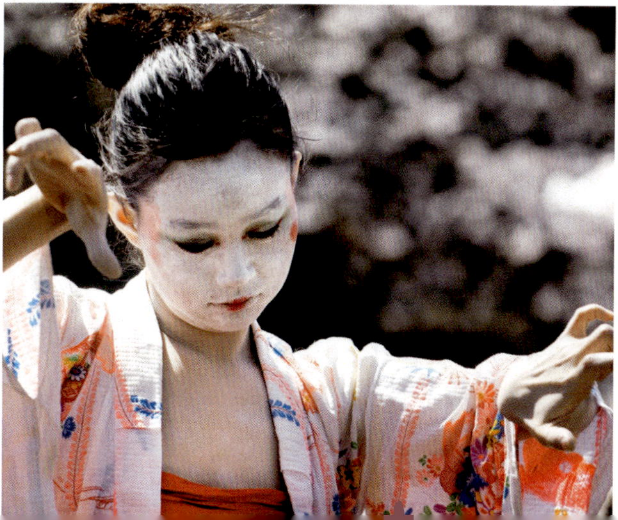

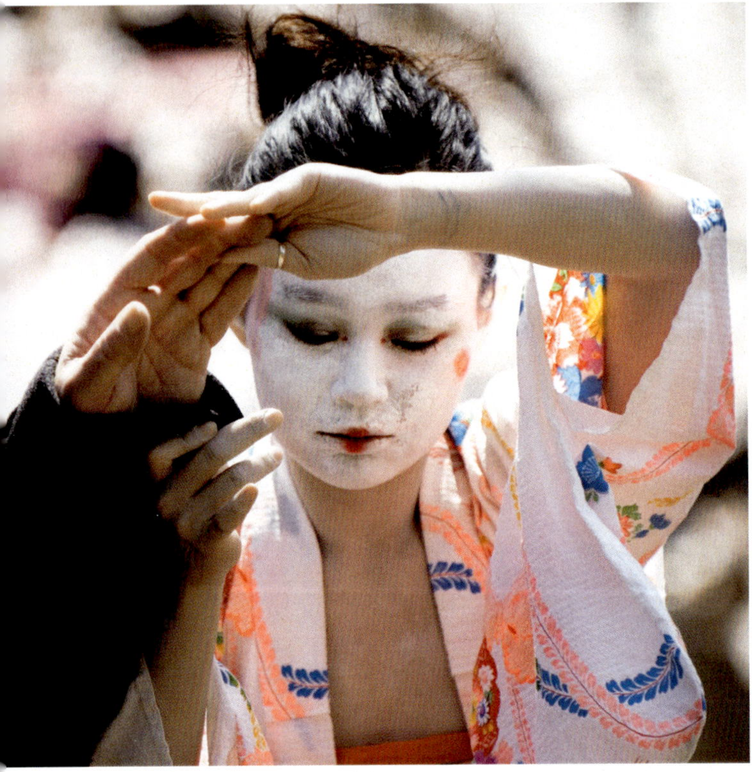

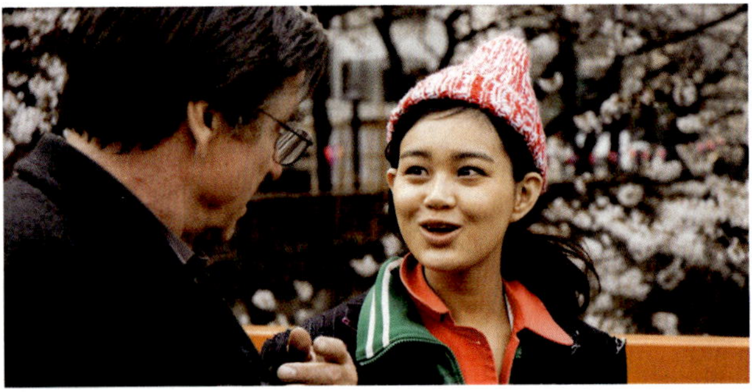

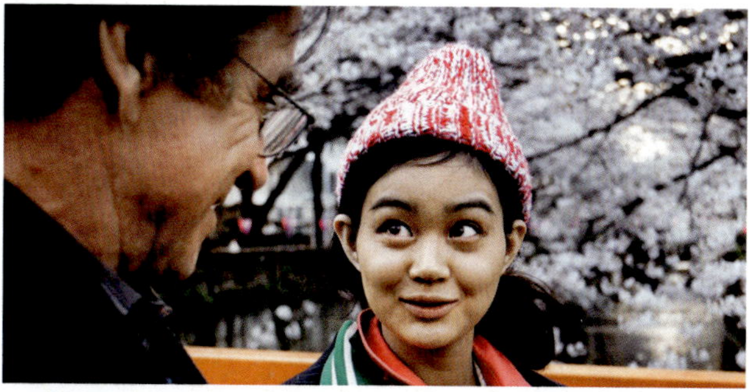

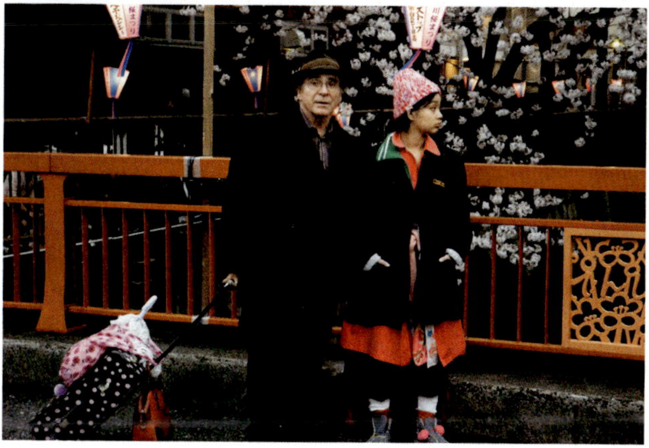

… wie sich sonst niemand um ihn kümmert.

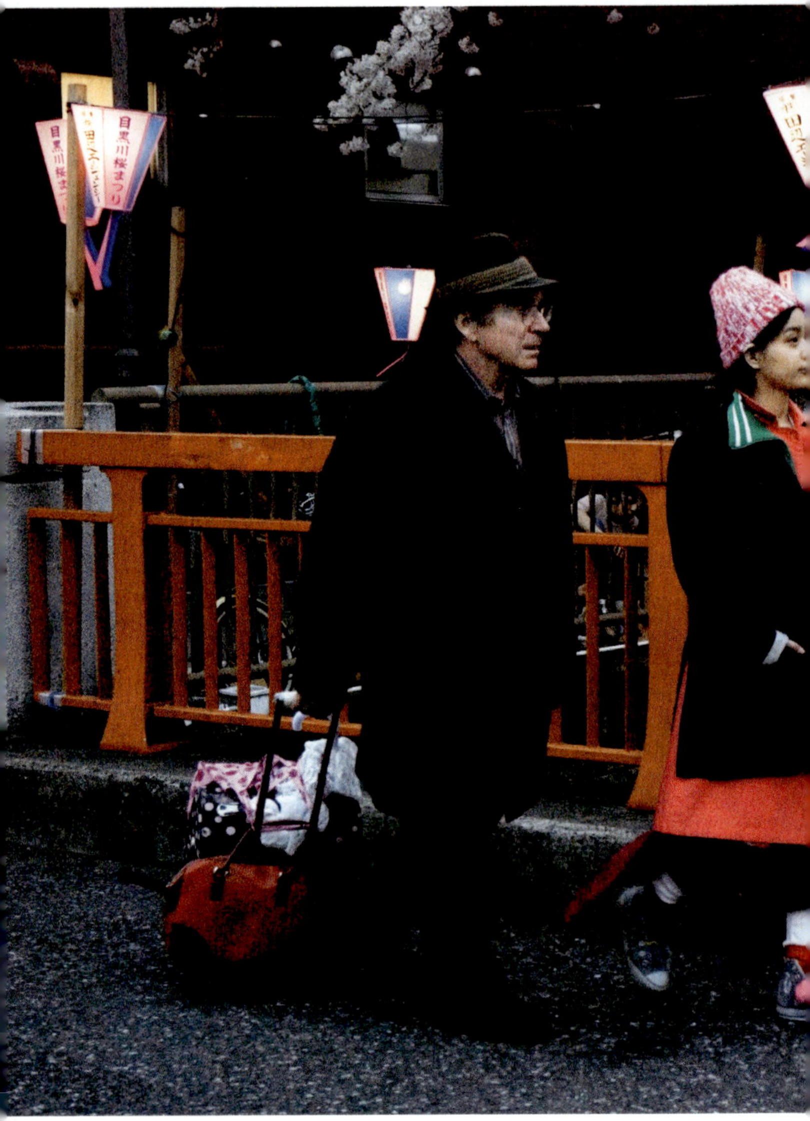
目黒川桜まつり

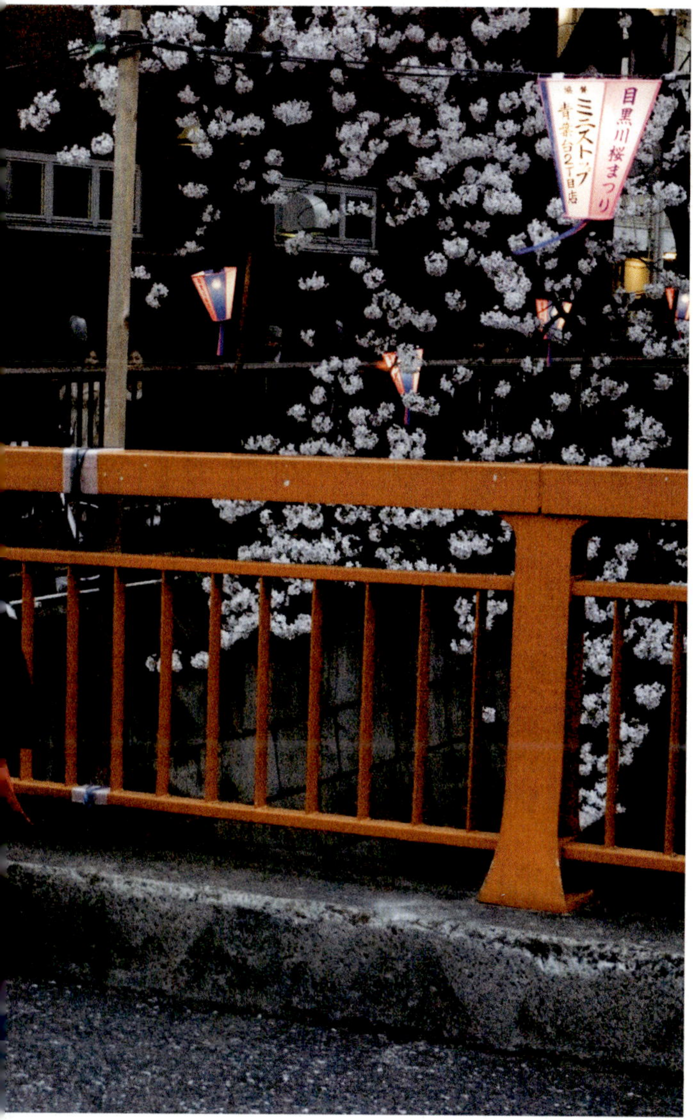
目黒川桜まつり
ミニストップ
青葉台2丁目店

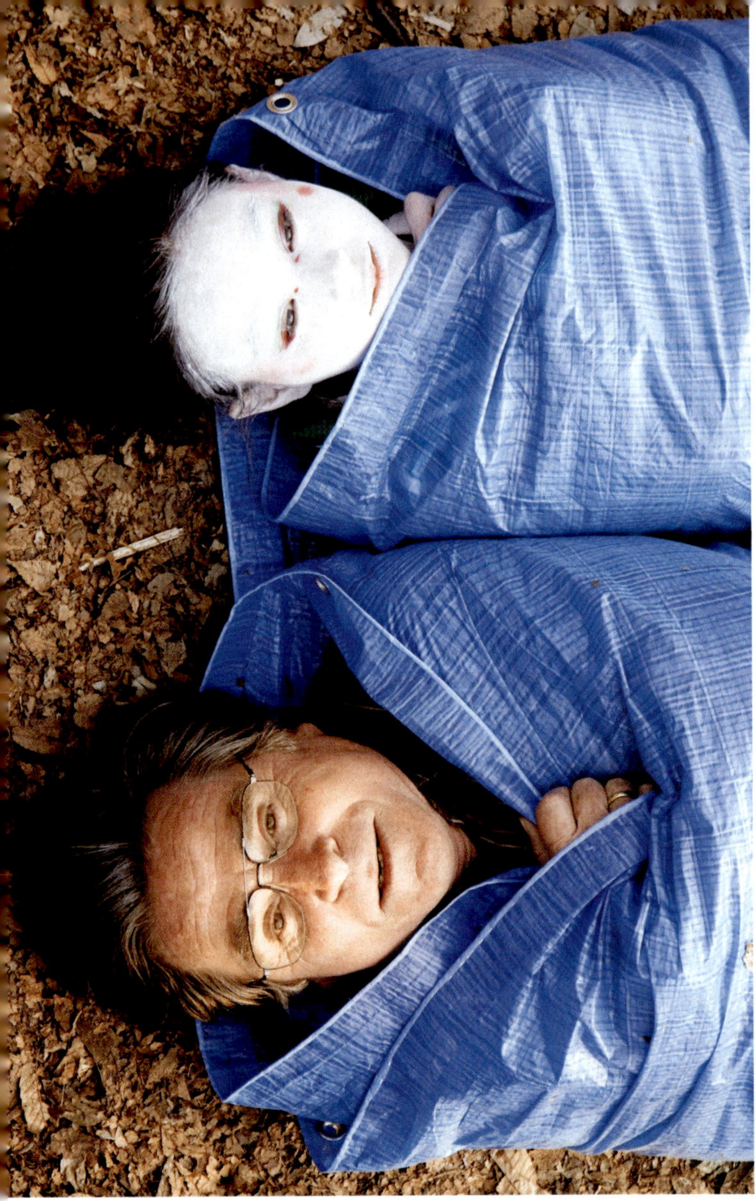

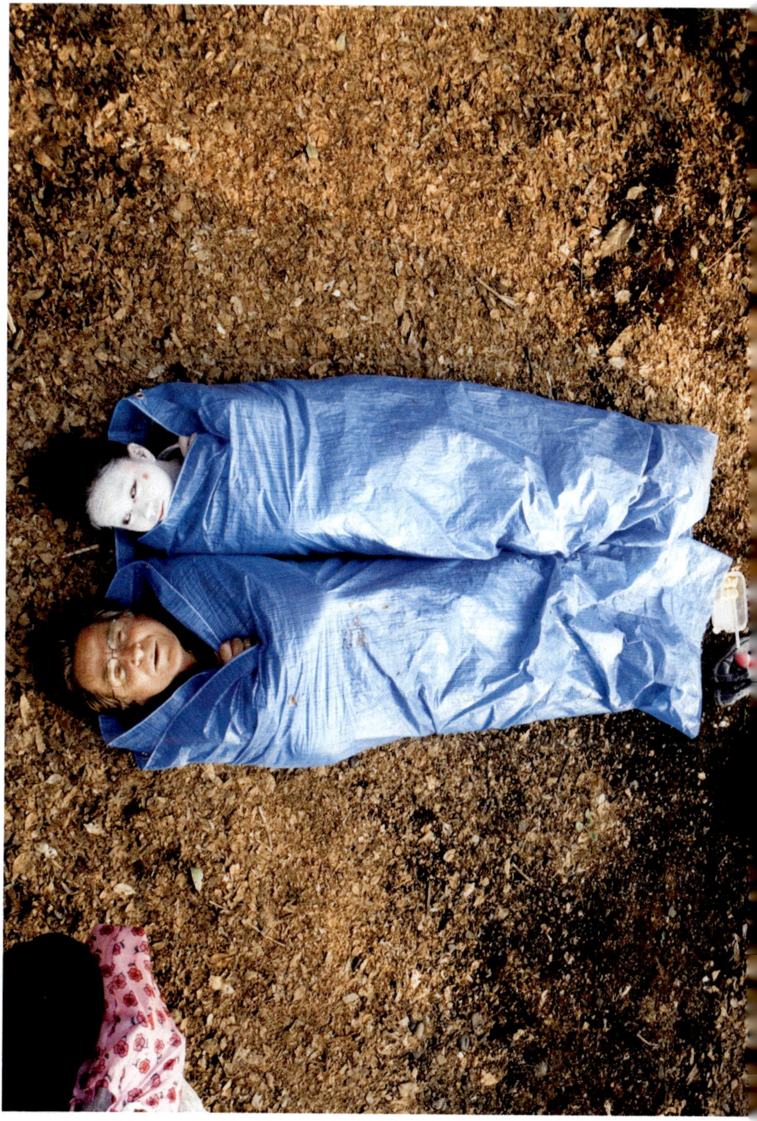

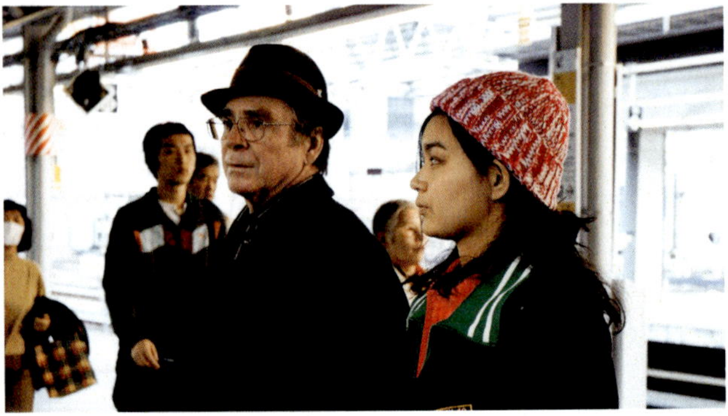

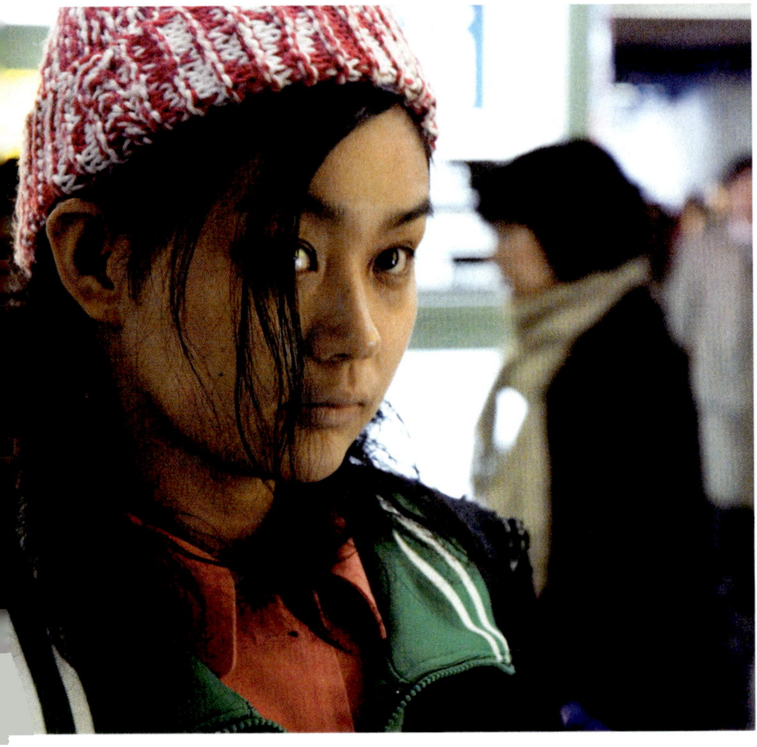

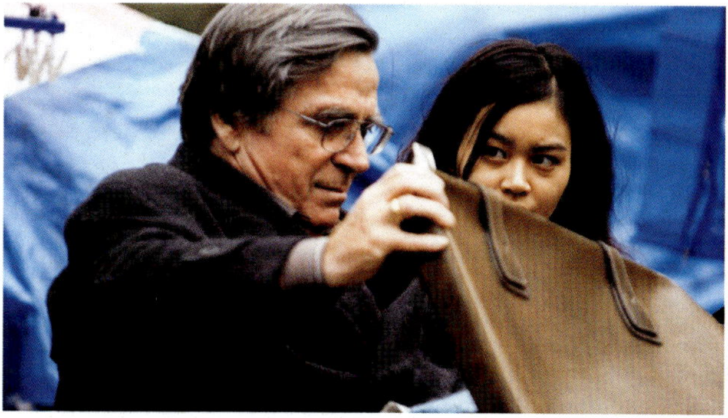

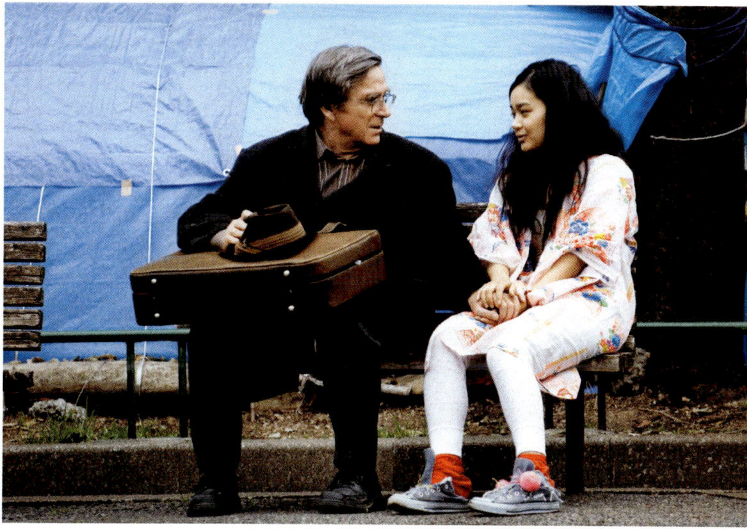

Mit Yu fährt Rudi zum Fuji.

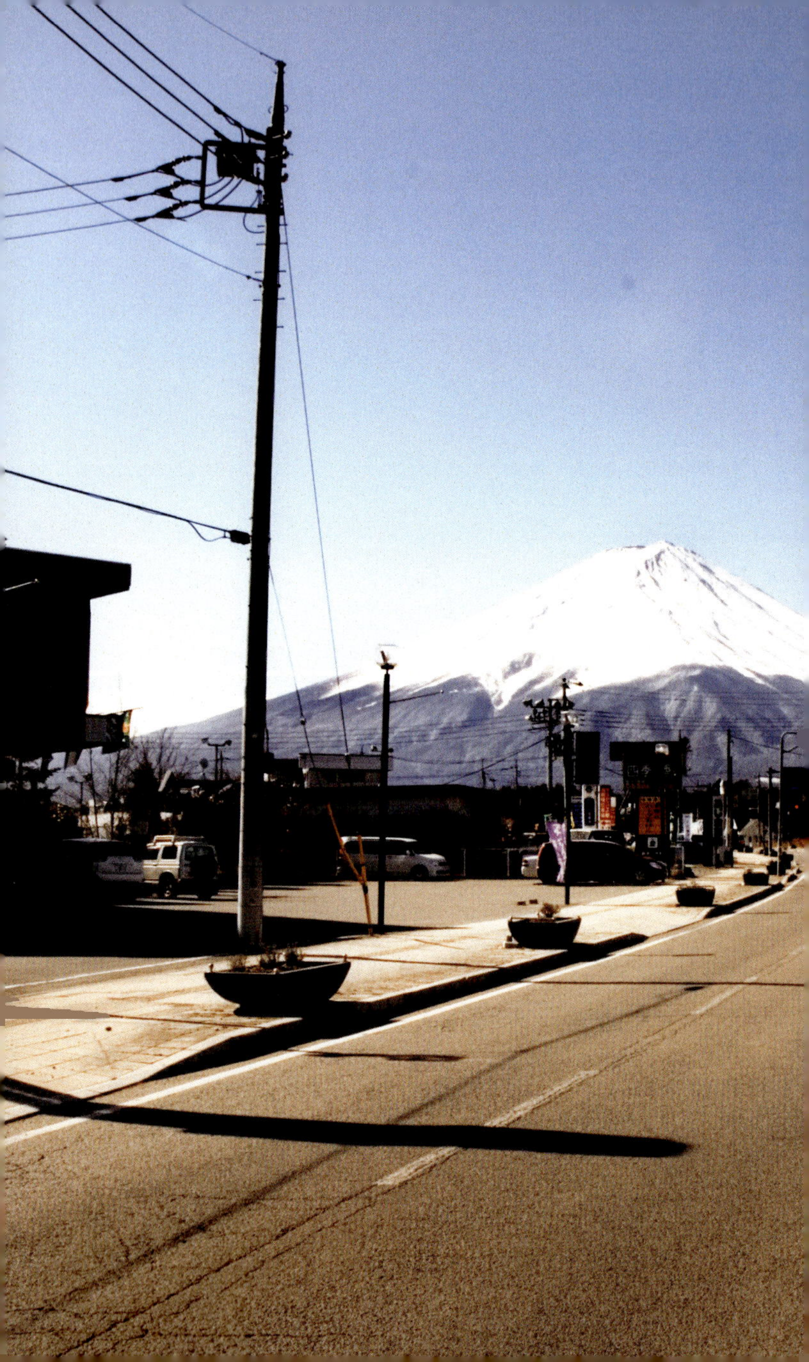

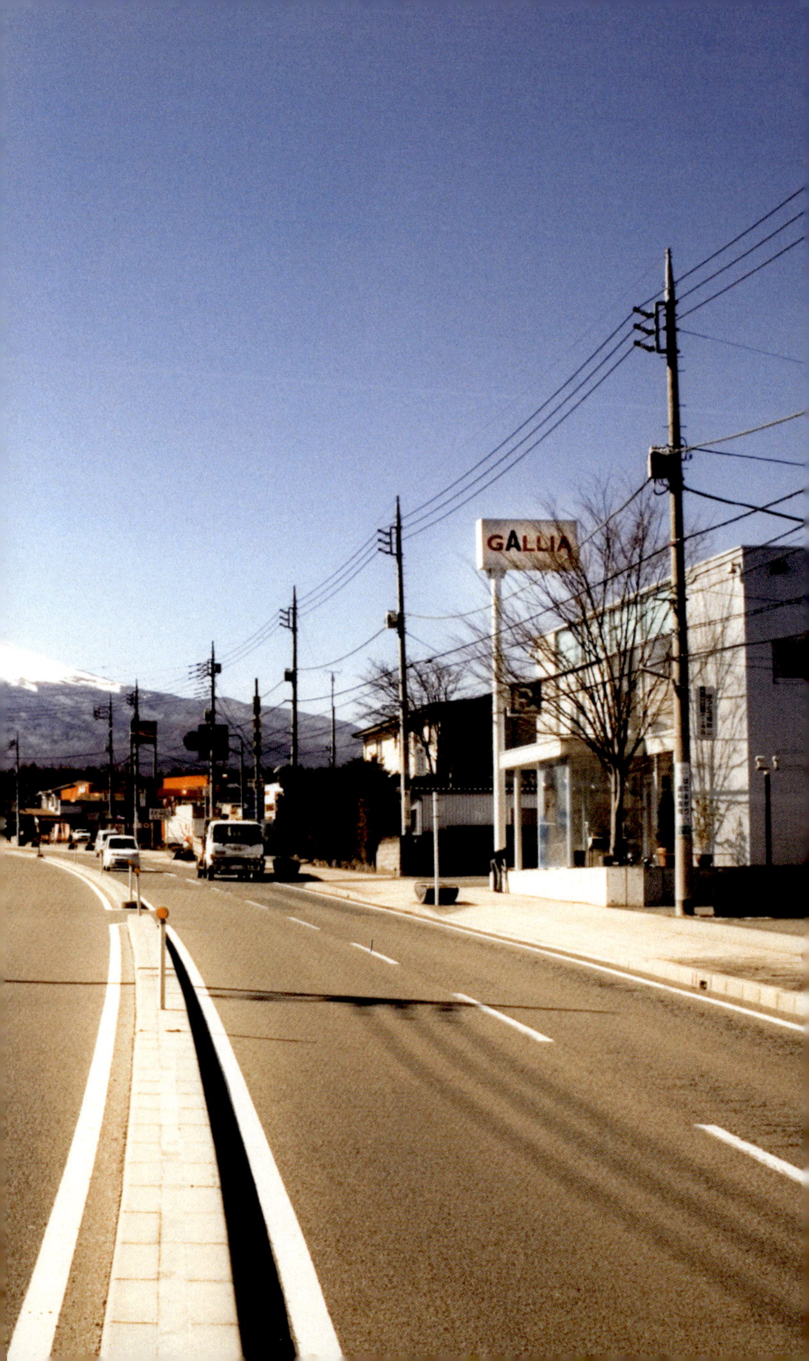
GALLIA

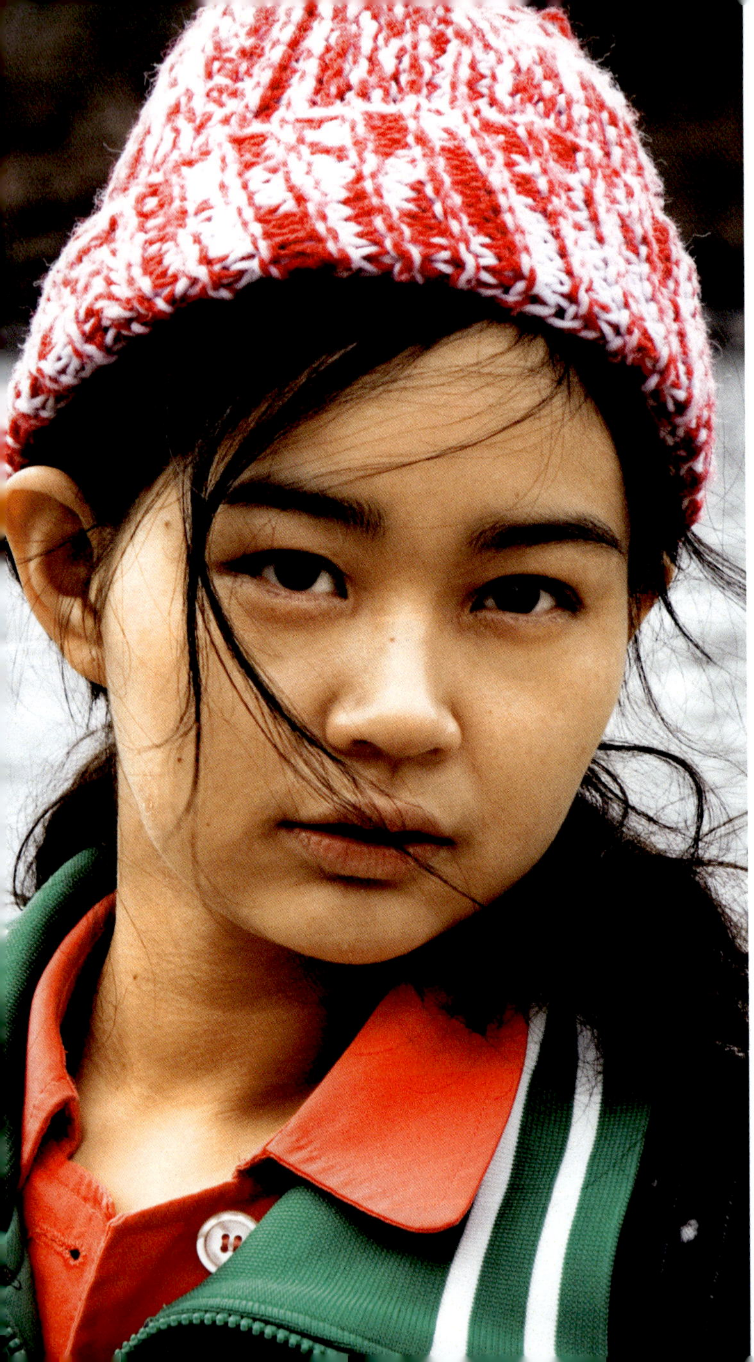

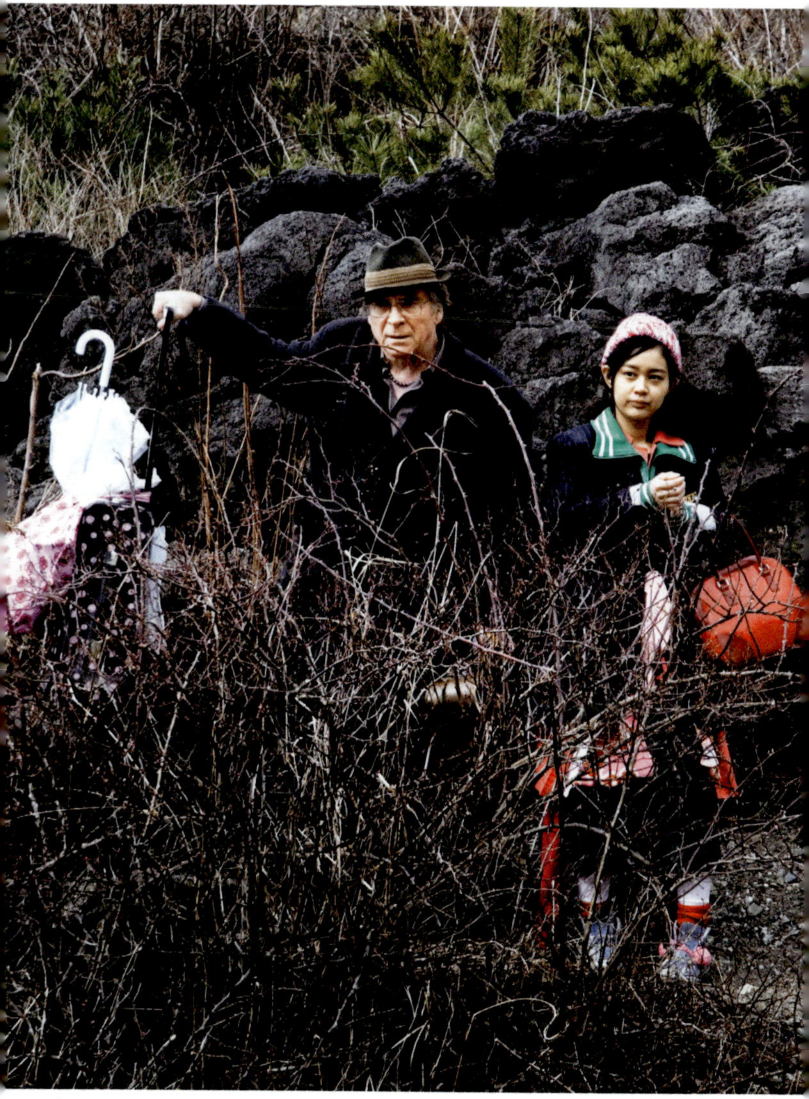

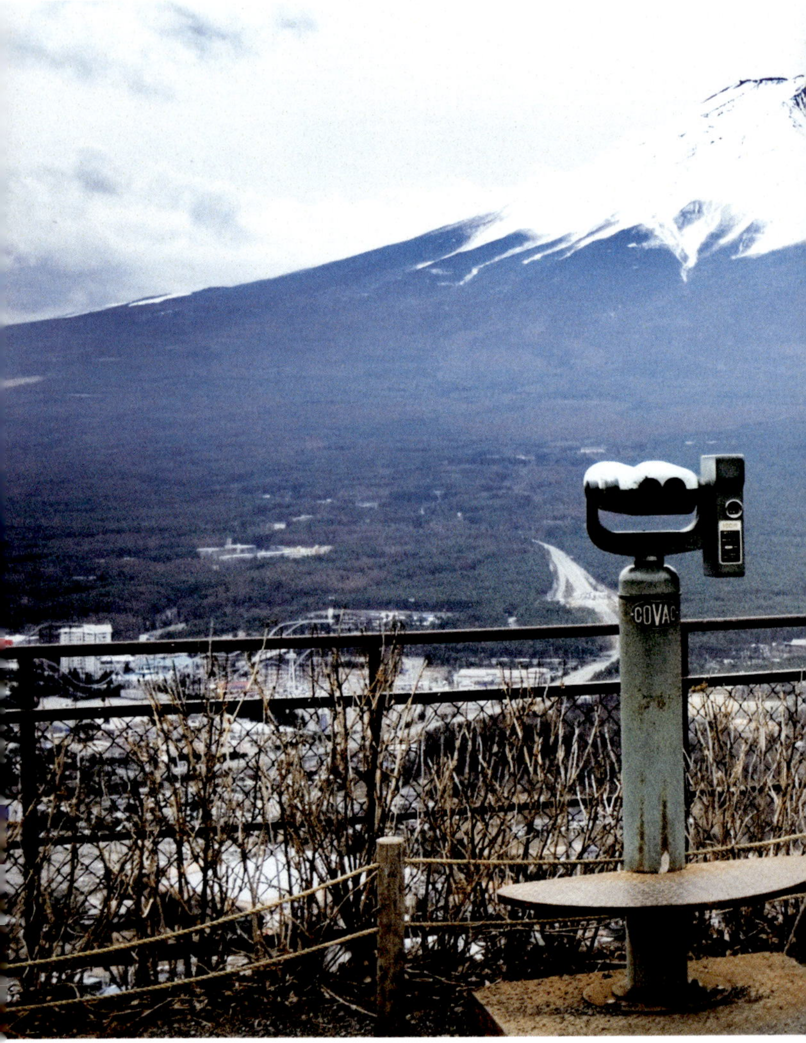

Er zeigt seiner Frau den Berg, den sie immer sehen wollte.

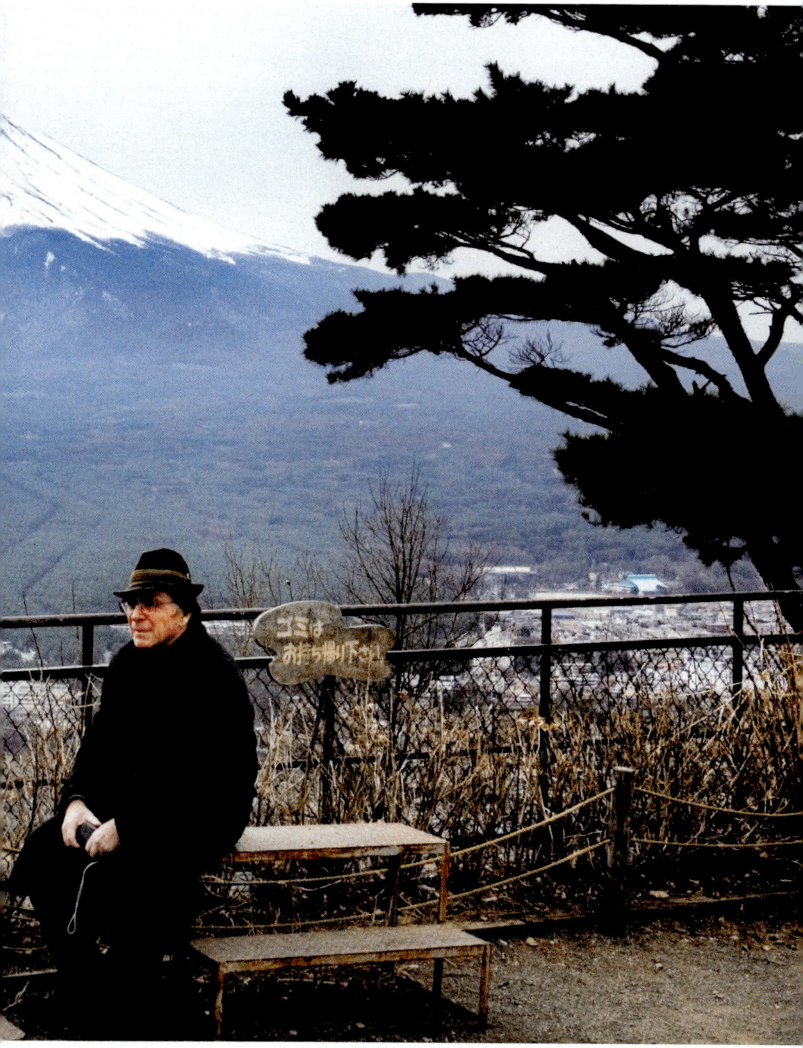
ゴミは
お持ち帰り下さい

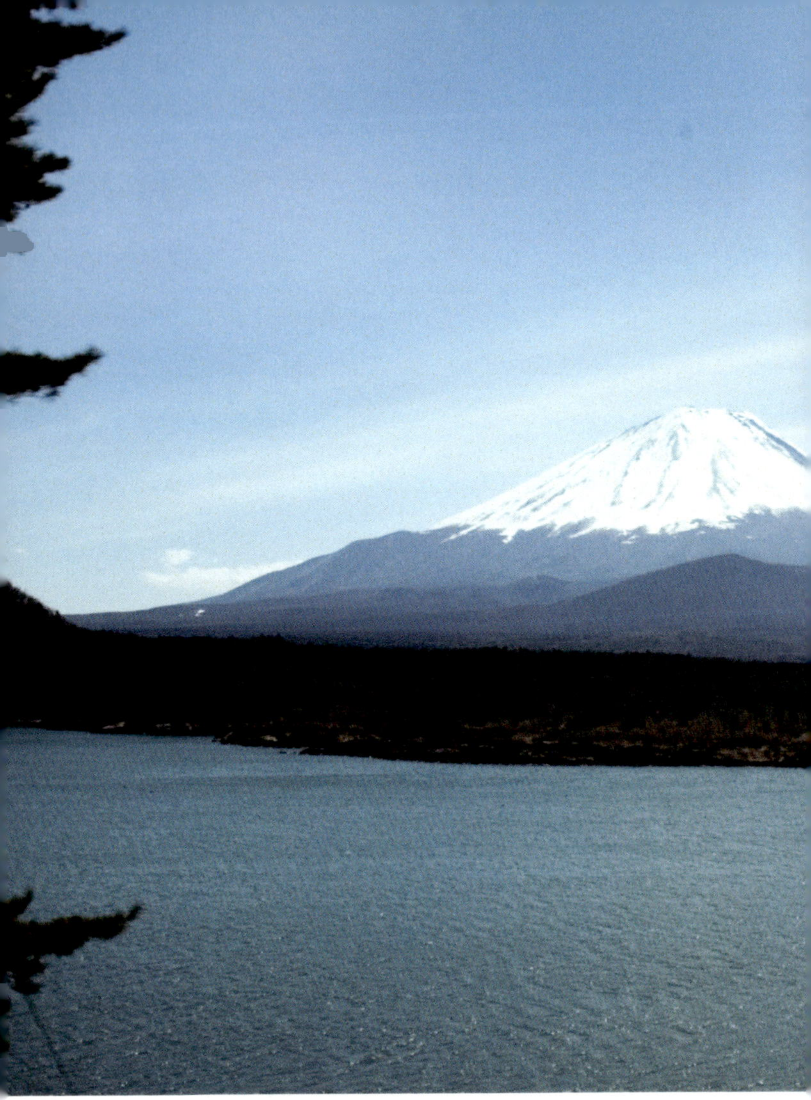

Und vor dem Mount Fuji macht Rudi Trudi seine letzte große Liebeserklärung.

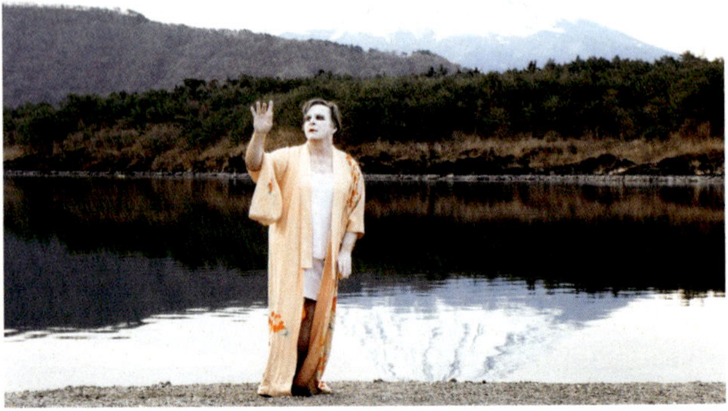
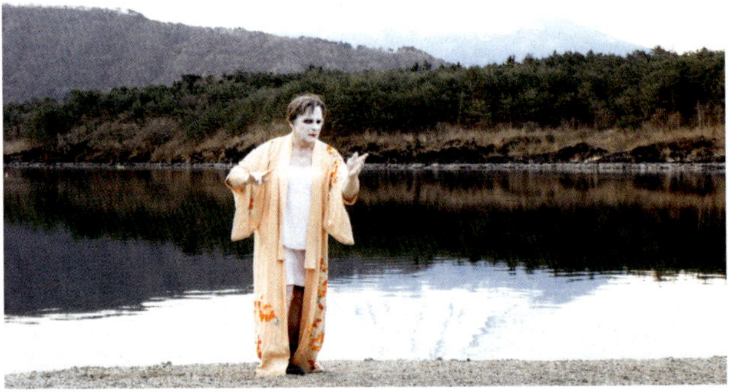
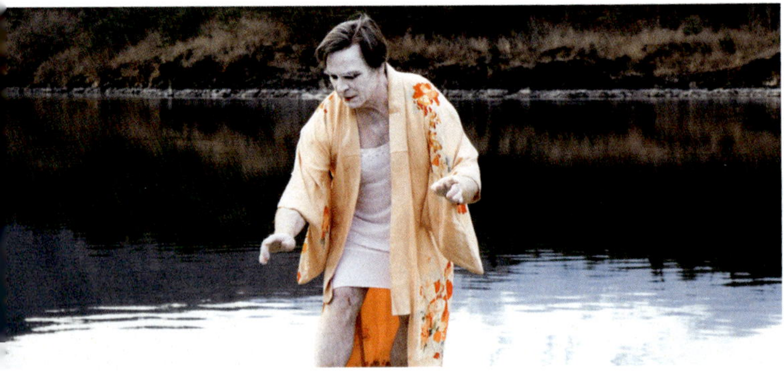

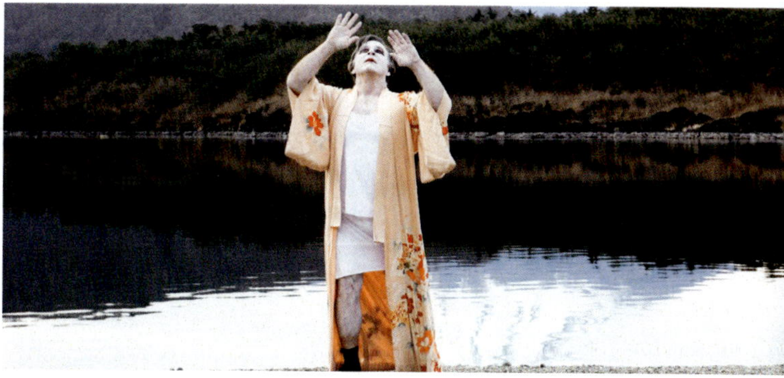

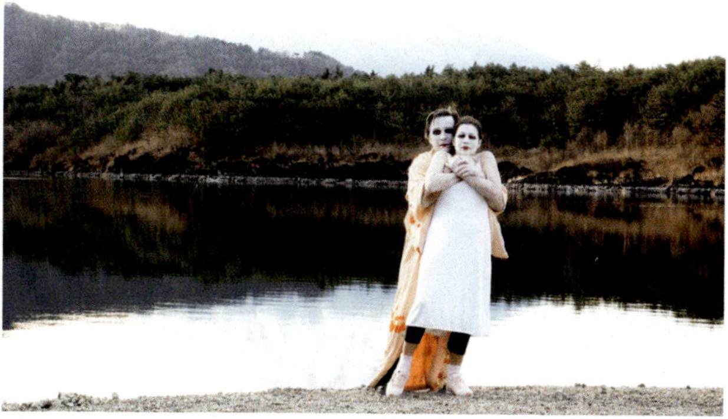

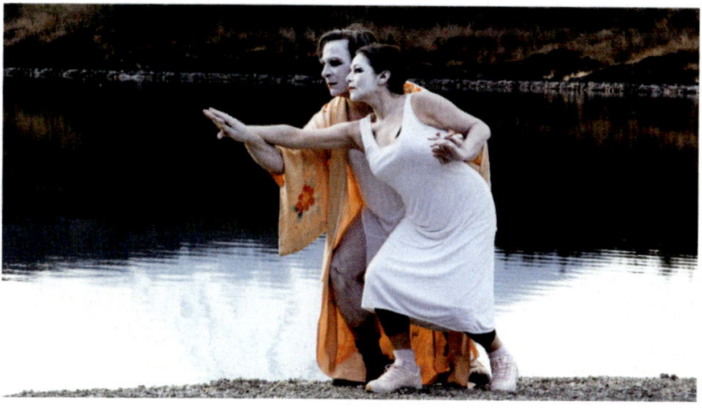

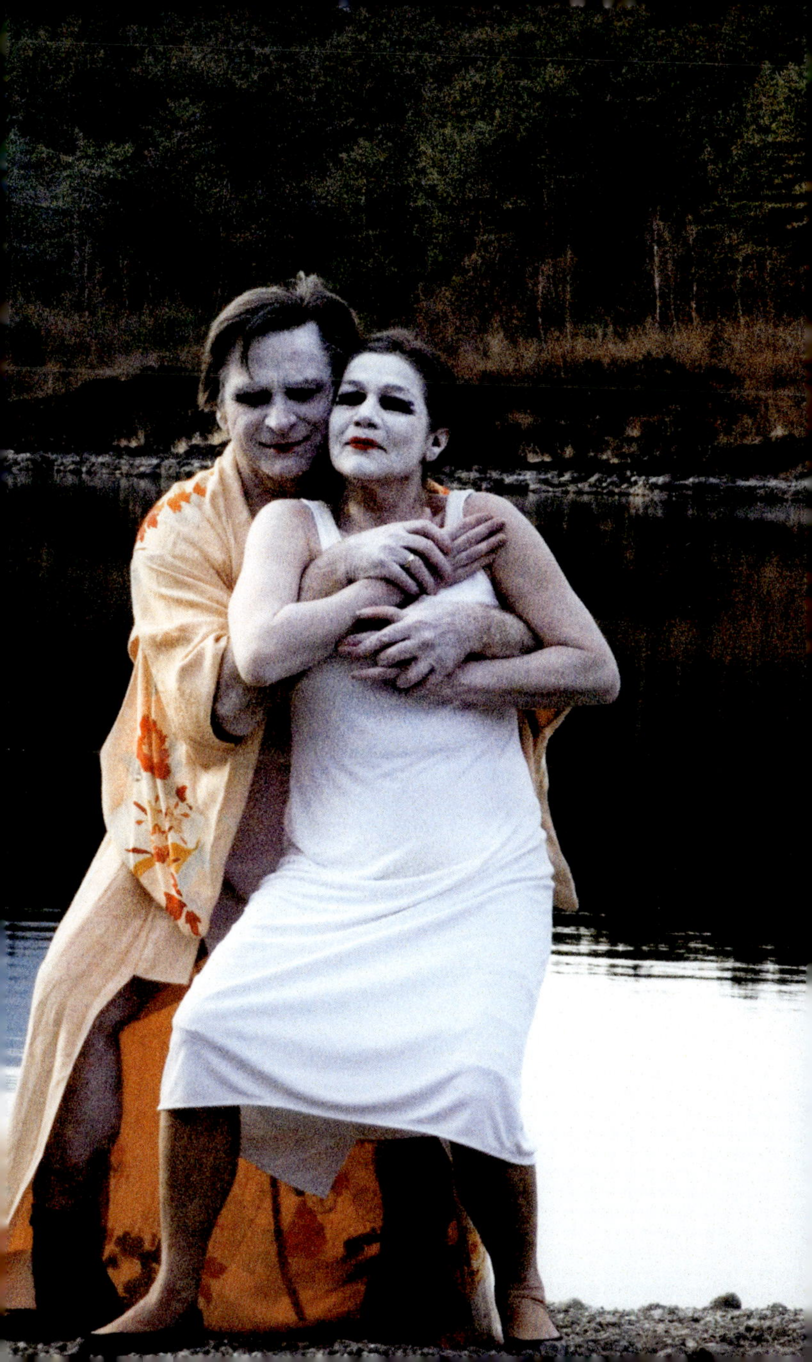

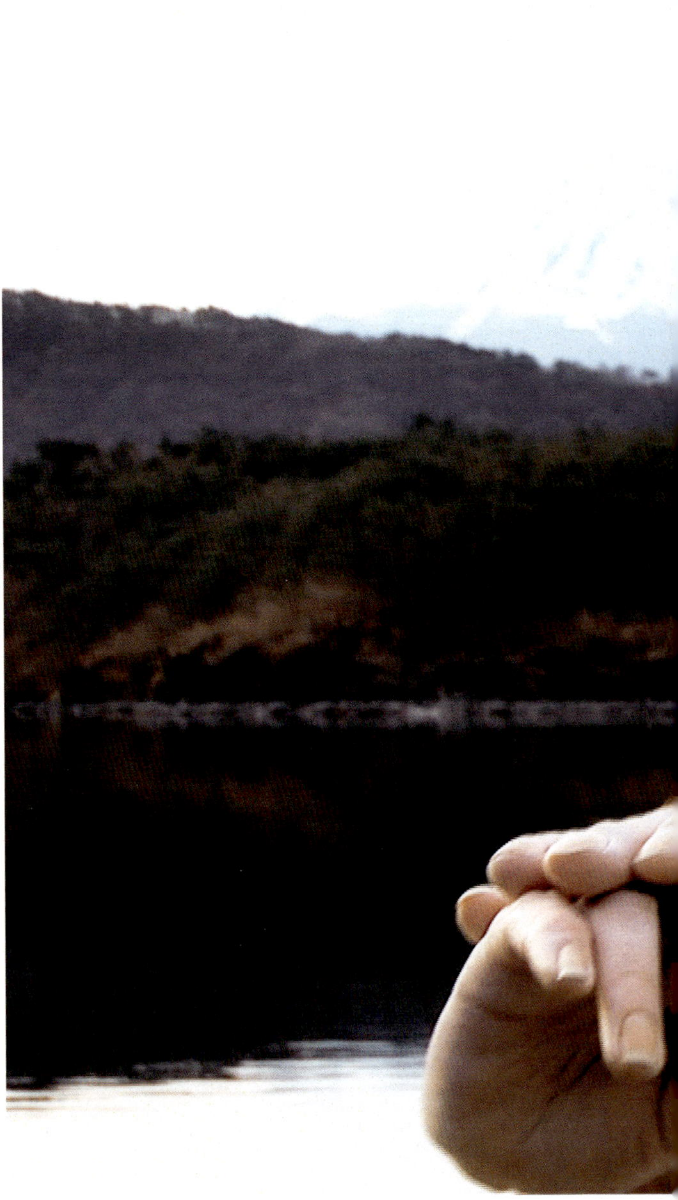

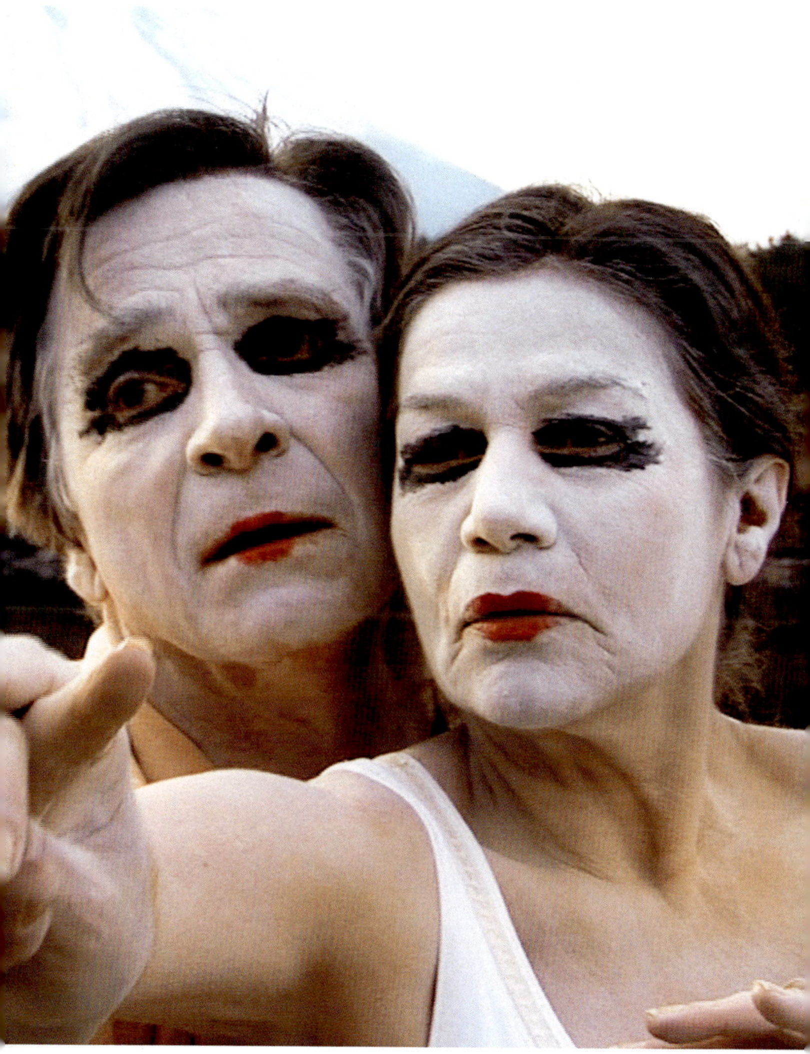

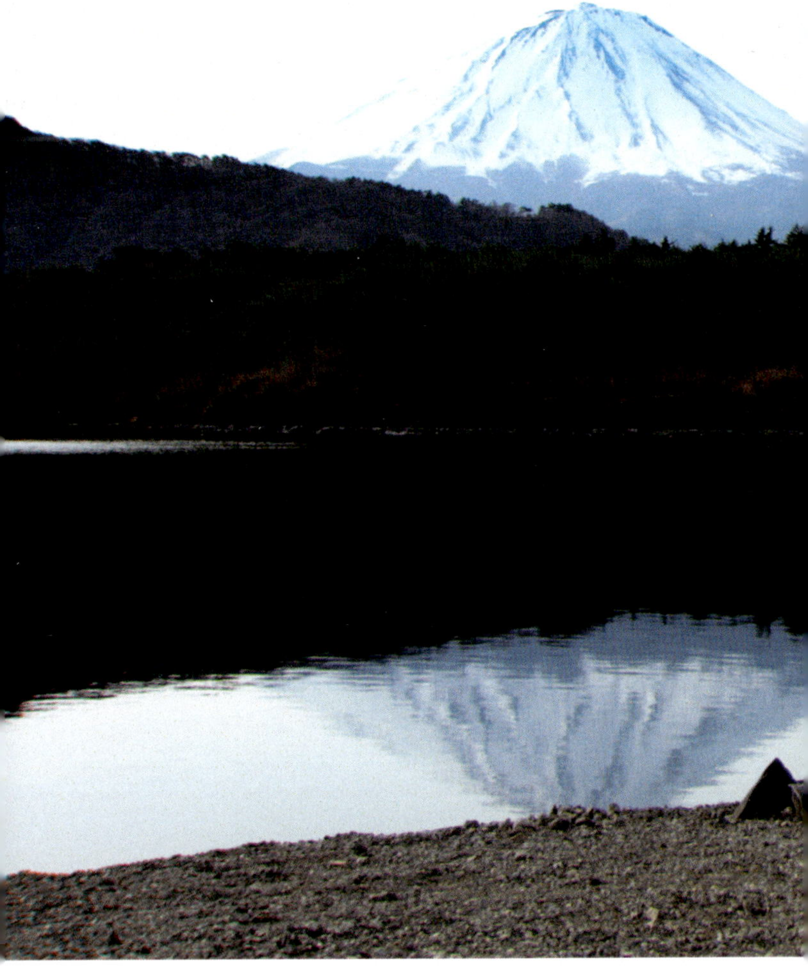

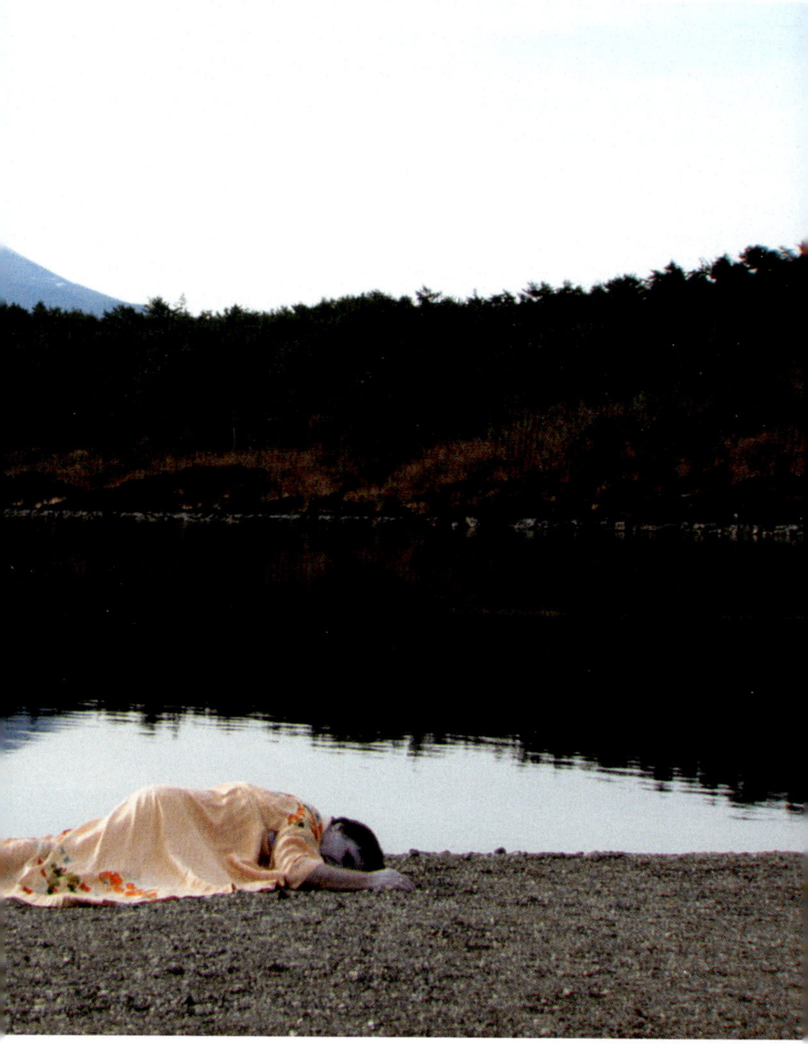

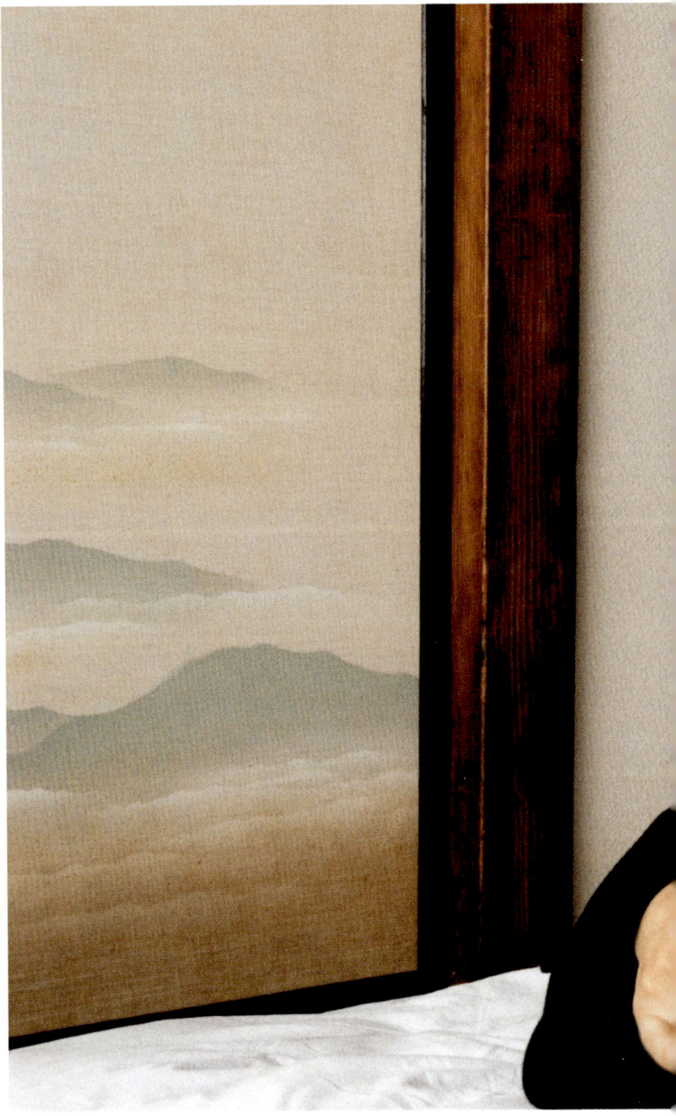